ちくま文庫

絶望図書館

立ち直れそうもないとき、心に寄り添ってくれる12の物語

頭木弘樹 編

筑摩書房

目次

第二閲覧室「運命が受け入れられない」

絶望図書館　ご利用案内

この図書館は、「絶望的な物語」を集めてあるわけではありません。「絶望から立ち直るための物語」を集めてあるわけでもありません。

絶望して、まだ当分、立ち直れそうもないとき、その長い「絶望の期間」をいかにして過ごすか？

そういうときに、ぜひ館内に入ってきてみていただきたいのです。

必ず何か、心にふれる物語に出会えるはずです。

絶望したときの気持ちは、誰にもわかってもらえないもの。

でも、文学だけは、わかってくれることがあります。

また、今の自分だけがこの作品を本当に理解できると思えることがあるものです。

そういう物語との出会いは、それで何か解決されるわけではないのですが、しかしそれでも、命綱となることがあります。

本を読まないということは、
そのひとが孤独でないという証拠である。

太宰治

第一閲覧室

「人がこわい」

人に受け入れてもらえない絶望に

［児童文学棚］

おとうさんがいっぱい

三田村信行［作］

佐々木マキ［画］

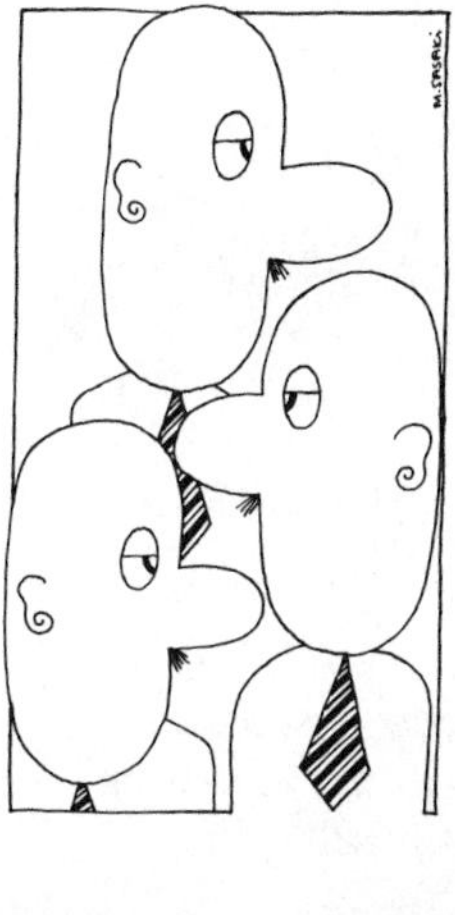

人に受け入れてもらえないつらさを、味わったことのない人は少ないでしょう。

親に受け入れてもらえない、クラスメイトに受け入れてもらえない、会社に、職場に受け入れてもらえない、異性に受け入れてもらえない、子供に受け入れてもらえない……。

そんなとき、この物語はとても心に響くと思います。

三田村信行（みたむら・のぶゆき）
1939年、東京生まれ。児童文学者。『タンス男がやってくる』『ものまね鳥を撃つな』『風の城』『オオカミ少年の夜』『風を売る男』などが、子供たちに衝撃を与えた。

佐々木マキ（ささき・まき）
1946年、兵庫県生まれ。マンガ家、絵本作家、イラストレーター。村上春樹など多数の本の表紙や挿絵も手がける。マンガ集『うみべのまち』、絵本『やっぱりおおかみ』など。

1

西日のなかで電話が鳴《な》った。受話器《じゅわき》の向こうから、耳をくすぐるように声がひびいてきた。

——もしもし、ああ、パパだよ。土曜日だから、きょうは早く帰れると思ったんだが、ちょっと友だちに会っちゃってね。おそくなりそうだから、ママにそういっておいてくれないか。たのむよ。

受話器をおいて、しばらくたってから気がついた。きゅうに足がすくんだ。切れた電話をふりかえった。西日のあたっている部分が白っぽく光って見えた。受話器をとりあげて、耳にあてた。ブーンという、とがめるような発信音《はっしんおん》が耳につきささってきた。声がのこっているはずはなかった。

へやにもどった。障子《しょうじ》をあけようとして、ちょっとためらった。だが、すぐに手をのばして、思いきりあけた。音におどろいて、新聞《しんぶん》をよんでいた顔《かお》がふりむいた。見なれた顔だった。

「障子《しょうじ》ぐらいしずかにあけられないのか！」

と、さっき（三十分まえ）帰ってきていたおとうさんが、どなった。

ほっとした。すくんでいた足が、しゃんとなった。

「どうしたんだ、そんなところにつっ立って。電話はだれからだったんだい？」

「まちがいだよ。番号まちがい」

「またか。相手《あいて》の電話番号ぐらい　ちゃんとおぼえておけばいいんだ。こっちはいいかげんめいわくする」

「おとうさんにそっくりの声の人だったよ。ほんとにおとうさんだと思って、びっくりしちゃった」

「よく似《に》た声の人はいくらでもいるさ」

「ほんとにそっくりだったよ。いきなり、友だちに会ってきょうはおそくなるから、ママにいっておいてくれっていって、電話を切《き》っちゃったんだ」

「へえ、ずいぶんそそっかしい人だな」

「きっと、おとうさんとおんなじぐらいの年の人だよ。ぼくぐらいの子どもがいるんだね」

「ああ、そうかもしれない」

おとうさんはめんどくさそうにいって、新聞に目をうつした。さっき、ちらっとうかんだ考えが、まったくばかばかしくなった。同じ人間が二人《ふたり》いるわけはなかった。

電話がまた鳴った。台所《だいどころ》でおかあさんがさけんだ。

「ちょっと手がはなせないのよう。だれか出てちょうだい！」

玄関《げんかん》に出た。すると電話は、ぱたっと鳴りやんだ。ひきかえそうとすると、またせわしなく鳴りだした。

「なんだ、いいかげんにしろ！」

受話器《じゅわき》をとった。女の子の悲鳴《ひめい》が耳にとびこんできた。

――だれか来てちょうだい！　すぐに！

いとこのミミ子だった。

――もしもし、もしもし。

――ああ、トシオちゃんね。すぐに、おじさんとお

ばさんといっしょに来てちょうだい。あたし、こわいわ。

すがりつくような泣《な》き声だった。ミミ子の背後《はいご》で、数人の男のいいあらそっている声が聞こえた。

――もしもし、どうしたの？　なにかあったの？

――パパが、パパが……ふえちゃったのよう！　三人になっちゃったのよう！　どれがどれだかわからない……まったくおんなじ……きみがわるいわ！

ミミ子は泣《な》きだした。背後《はいご》のほうでいいあらそっている男たちの声が、高くなった。物のこわれる音がした。そのあいだをぬって、ミミ子を呼《よ》ぶおばさんの声がとぎれとぎれに聞こえてきた。

――すぐ来て！　早くなんとかしてちょうだい！

電話が切《き》れた。受話器《じゆわき》をもどして手のあせをズボンでぬぐった。いいあらそっていた男たちの声が耳にのこっていた。数人のはずなのに、声は一種類《しゆるい》しかなかった。声には聞きおぼえがあった。からだがふるえた。

そのとき、玄関《げんかん》の戸があいた。

「ただいま」

おとうさんがはいってきた――いつもと同じように、カバンをこわきにかかえて。

「やれやれ。土曜日だというのに、なんやかやと仕事《しごと》がのこっちまって、やりきれん。家へ帰ると、ほっとするよ。おや、トシオ、どうした。顔《かお》が青いぞ」

口の中がかわき、ひたいにあせがにじみだした。エレベーターにのったときのような、めまいに似《に》た胸《むね》の悪さがこみあげてきた。

「どうした。熱《ねつ》でもあるんじゃないか？　どれどれ」

手をのばしてひたいにさわってきた。すうっと、何もない空間《くうかん》に落《お》ちこんでゆくような気がし、それきり何もわからなくなった。

気がつくと、へやの中にころがっていた。目のまえに、ゆかたのすそからでている二本の足があった。こきざみにたえまなくふるえている。おとうさんだった。

「きみは……だれだ！」

おとうさんは、前方《ぜんぽう》をみつめて、ひきつったような声でいった。そこに、へやのしきいぎわに、もう一人《ひとり》のおとうさんが、いきなりよこっつらを張《は》られたみたいなびっくりした顔《かお》つきで、立ちすくんでいた。

二人は、そのまんま、のどに何かつかえたみたいに息《いき》をつめて、立ちつくした。やがて、あとから来たおとうさんは、目をぱちぱちさせて、つるりと顔をなでた。

「おかしいな」

と、つぶやいた。

「おれの頭は、どうかしたのかな。たったいま、会社から帰ってきたばかりだというのに、家にはもう、ちゃんとおれがいて、おまけにゆかたなんか着《き》こんで、くつろいでいる。いったいこりゃあ、どういうわけなんだ？」

「なにをぶつぶついってるんだ。きみはだれだ！　だまって他人《たにん》の家へあがりこむなんて、失礼《しつれい》じゃないか」

「他人の家だって？　じょうだんじゃない。ここはわたしの家だ。それより、きみはだれなんだ。かってにあがりこんで、わたしのゆかたなんか着こんじゃってすましているが」

「わたしは、この家の主《あるじ》、トシマ・タツオだ」

「なんだって！　ばかばかしいいたずらはやめてくれ。トシマ・タツオは、わたしっきりいないはずだ」

二人は、ぎらぎらした目でにらみあった。そのとき、ガチャンと物のこわれる音がした。台所《だいどころ》につづくへやのしきいのところで、おかあさんが、口をパクパクあけ、ふるえながら立っていた。こわれた茶《ちゃ》わんの白いかけらが、足もとにころがっていた。

「おかあさん！」

かけよると、ずるずるとくずれおちるように、たおれてしまった。気絶《きぜつ》していた。背中《せなか》をささえてだき起《お》こすと、うっすらと目をひらき、へやの中の二人を見た。シュウッと風船《ふうせん》がやぶれたときみたいな息《いき》をして、また気絶《きぜつ》してしまった。

2

「とにかく、すこしおちついて話そうじゃないか」

と、最初《さいしょ》のおとうさんがいった。

「ふん、いったい何を話そうっていうんだね。何も話すことなんかないじゃないか」

と、二番めのおとうさんは、そっぽを向いた。

二人とも、はげしい打《う》ちあいを演《えん》じたボクサーみたいに、目のまわりや口のまわりをはれあがらせていた。着《き》ていたゆかたやワイシャツはひきちぎられ、はたきの布《ぬの》のようにからだのまわりにぶらさがっている。

へやの中はさんたんたるありさまだった。障子《しょうじ》やふすまは形もなくなるほどつきやぶられ、灰皿《はいざら》、花びん、ざぶとん、ラジオ、テレビ、置時計《おきどけい》、卓上《たくじょう》カレンダー、洋服《ようふく》、カバン、シャツ、本……家の中のありとあらゆるものが古物市《ふるものいち》みたいに散乱《さんらん》していた。

二人《ふたり》は、息《いき》をはずませながら、その中へべったりとすわりこんでいた。

「そんなことといったって、こうしてなぐりあってばかりいたんじゃ、解決《かいけつ》にならん」

「解決もくそもあるもんか。とっとと、きさまがでてゆけばいいんだ」

二番めのおとうさんは、ネコみたいに手のきずをなめた。

「とにかく、この妙《みょう》ちきりんな事態《じたい》をよく考えてみる必要《ひつよう》がある」

最初《さいしょ》のおとうさんは、なだめるような口調《くちょう》でいった。

「この世の中に、まったく同じ人間が二人いるわけはない。だから、わたしときみとは、顔《かお》もからだつきもそっくりで、しかも、おたがいに自分がトシマ・タツオであると主張《しゅちょう》しているわけだが、これは、かならずどっちかがうそついているにちがいないんだ」

「ふむ。それで、どっちがうそついているのか、どうやって調《しら》べるのだ」

「きみは、いつ、どこで生れた？」

「一九三四年、東京の青山《あおやま》」

二番めのおとうさんは、何をばかなことをきくんだ、といった顔つきで、答《こた》えた。

最初のおとうさんは、たたみかけた。

「小学校はどこだ？　中学　高校は？　会社はどこだ、いつ結婚《けっこん》した？　トシオが生まれたのは何年何月の何日何時ごろだ？ おやじとおふくろの名前《なまえ》は？ チクノウの手術《しゅじゅつ》をしたのはいつ、どこでだ？」

「待《ま》ってくれ。そんなにいっぺんにごちゃごちゃいったって、わかるもんか。いっそこうしたらどうだ。おたがいに紙に書いてみるんだ。そうして、つき合わせてみりゃあいいんだ。うそをいっていれば、すぐばれる」

「ふむ。それもいいだろう」

二人のおとうさんは、背中《せなか》を向けあって、紙にそれぞれ自分のりれきを書きはじめた——まゆをしかめて、たいせつなことを記憶《きおく》のなかからひきずりだすように。

みつめているうちに、ずうっと以前《いぜん》に、これと同じ光景《こうけい》にであったような気がした。これがはじめてではないという、あの感《かん》じ。いま目のまえで起《お》こっていることは、もうずうっと以前に経験《けいけん》していて、いままたそれをくりかえしているのだという気がしてならなかった。しかし、こんなことがいままでに起《お》こったことはないはずだ。幻覚《げんかく》にすぎなかった。

「できた！」

と、やがて、最初《さいしょ》のおとうさんがいった。

「できた！」

ほとんど同時に、もう一人のおとうさんがさけんだ。二人はさぐり合うように顔《かお》を見あわせ、紙をこうかんした。

「おれの字だ！」

最初のお父さんが、紙を見るなり声をあげた。

「まるで複写《ふくしゃ》したみたいだ」

二番めのおとうさんは、うなった。

「すると、わたしたちは、やはり……」

「待《ま》て。そんなことがあってたまるか。ぐうぜんの一致《いっち》だ。いや、たくらんでやったことにちがいない。よく調《しら》べれば、いくらだって同じことが書ける。字だって、練《れん》習《しゅう》すればそっくりに書けるもんだ」

「だがしかし、こうまでまったく一致しているということは、どういうことなのだ」

二人のおとうさんは、だまった。うでをくんで、じっと考えこんでしまった。

「トシオ、あのときのことをおぼえているかい？」

ふいに、二番めのおとうさんがいった。

「うちにどろぼうがはいったときのことだ。三年まえ。わすれるはずがないだろう。

あれは夜中の二時ごろだった。ぐっすりねむってたら、いきなりたたきおこされて短《たん》刀《とう》をつきつけられた、二人組だった。たちまち、おまえもおかあさんもわたしも、さるぐつわをはめられ、両手両足《りょうてりょうあし》をしばられてしまった……」

「そうだ。わたしは、はっきりおぼえている」

最初《さいしょ》のおとうさんが、目をかがやかせた。

「あの二人組は、おとなしくしていれば何もしない　さわぐなといっておどかしたのだ。たしか、二人とも二十歳ぐらいの若《わか》いやつだった」

「しめた！　とうとうボロがでたな。あのときの強盗《ごうとう》は、一人は若いやつだったが、もう一人は四十ぐらいの年の男だった。髪《かみ》に白髪《しらが》がまじっていた。そいつが若いやつに命令《めいれい》していたんだ。はっきりおぼえている」

「そんなはずはない。二人とも若かった。一人はのっぽで、もう一人はチビだった」

「それもうそだ。二人とも同じぐらいの背《せ》たけだった。年をとったほうは、ジャンパーを着《き》て、マフラーでふくめんをしていた。若いほうは、よれよれのコートを着て、ハンカチで顔《かお》をつつんでい

たのだ」

「ばかな！　二人とも、ふろしきでふくめんしていた。息《いき》をするたんびに、そのふろしきが鼻《はな》にペチャッとくっつくのを、おれは見ていたのだ。やつらは、さんざん家じゅうをあらしまわって、四時ごろ出ていった。わたしは、やっとのことでしばられていたひもをといて、警察《けいさつ》へ電話したのだ」

「でたらめをいうな！　しばられていたひもが、どうしてもとけないもんだから、わたしたちは、明け方までへやの中にころがっていたんだ。そのうちに、雨戸《あまど》が一枚はずれていたので、となりで見つけて、それから助けだされたんだ」

「そんなばかなことがあるもんか。ぜったい　おれのいうとおりだったんだ。だが、待てよ。よく考えてみると、これでどっちが本物かわかるというもんだ」

「そうだ。そういえば、やっとこれで、ちがうところがでたわけだ。どうだトシオ、おまえはあのときのことを、おぼえているはずだ。どっちのいうことがほんとうか、わかるだろう？」

　二つの同じ顔が、くいいるように見つめてきた。おもわず目をそらした。あの事件《じけん》のことは、わすれるはずがなかった。こわかった。目をつぶって、一つ一つこまかいことまで思いうかべてみようとした。

「どうだね、わかったかい？」

二つの顔《かお》が、期待《きたい》にかがやいた。

「だめだ、わかんない。両方とも若《わか》かったような気もするし、一人は年とってたみたいな気もする。ふくめんだって、ハンカチだったか、ふろしきだったか、よくおぼえていないよ」

ちっちっちっと、最初《さいしょ》のおとうさんが舌《した》を鳴《な》らした。

「それじゃあ、どうやって助かったか、それぐらいは、おぼえているだろう？　いってくれ！」

「あのときは……たしか……おかあさんが、さるぐつわをといて、表《おもて》へとびだして助けを呼《よ》んだんだ。そしたら、ちょうど通りかかったパトカーが来てくれたんだ」

「なんだって⁉」

二人のおとうさんは、同時にさけんだ。

「トシオ、じょうだんいっている場合《ばあい》じゃないんだぞ！」

二番めのおとうさんは、顔をまっかにしてつめよってきた。じょうだんをいったわけじゃなかった。あのときは、たしかにおかあさんがとびだしていったのだ。

「よし。エミ子にきいてみよう」

最初のおとうさんは、すばやく立ちあがった。おかあさんは、となりのへやにねかせておいたのだ。

「あっ！」

二番めのおとうさんが、声をあげた。まくらもとに、すいみん薬《やく》のびんがおいてあった。封《ふう》を切《き》ったばかりのようだった。最初のおとうさんが、ひったくるようにしてとりあげ、量《りょう》を調《しら》べた。

「だいじょうぶだ」

ほっとしたようにつぶやいた。

おかあさんはねがえりをうった。ねいきが高くなった。三人とも、とほうにくれて立ちつくした。

3

朝がきた。いくらもねむっていなかった。からだのあちこちがいたかった。服《ふく》を着《き》たままねていたのだった。蛍光灯《けいこうとう》がつけっぱなしになっていた。色あせた光が、二人のおとうさんをてらしていた。二人とも、たがいに相手《あいて》から必死《ひっし》でのがれようとでもするかのように、へやのすみとすみに背中《せなか》を向けあってねこんでいた。

　たちまち、ゆうべのできごとがよみがえってきた。にげだすように外へ出た。五時ごろだろうか。あたりはもう明《あか》るかった。通りにはだれもいない。ずうっと先のほうで、新聞配達《しんぶんはいたつ》のすがたが見えかくれしていた。歩くと、アスファルトの道路《どうろ》にげたの音がひびいて、すぐすいこまれた。

　ほかの人たちにとっては、きのうとかわらない一日がはじまろうとしている。おとうさんが二人になってしまっては、もうだめだった。これからさきどうやってゆくのか、見当《けんとう》もつかなかった。

　このまま、にげだしてしまおうと思った。どこか遠《とお》くへ行って、だれにも知られないところで、一人でくらそうと考えた。お金を持っていなかった。いそいでひきかえそうとした。

　気がつくと、公園《こうえん》に来ていたのだった。池《いけ》の水が、つめたそうに白く光っていた。もやがうすくたちこめている。池のそばのベンチに、男が一人横《よこ》になっていた。ねているらしかった。

　背中《せなか》を向けて、もと来た道をもどろうとすると、男が声をあげた。足がとまった。

「トシオ！」

と、その男は、さけんでいた。からだを起《お》こして手まねきをしながら、

「おーい、トシオ、どうしたんだ。パパだよ」

方向もさだめずに、走りだした。だが、すぐなにかにつまずいてたおれた。くるぶしをうった。いたさで、しばらく起きあがれなかった。すると、足音が近づき、背中にあたたかい手がかかって、引きおこされた。

「どうしたんだ、いきなりかけだしたりなんかして。パパだってのが、わからなかったのかい?」

うでをとって、歩きだすのだった。

「心配《しんぱい》したろう、帰らなかったんで。いやねえ、まいっちゃったよ。ほら、おまえに電話したろう、友だちに会ったって。そいつが飲《の》め飲めってきかないもんで、つい酒《さけ》を飲みすぎて、よっぱらっちゃったんだよ。目がさめたら、公園のベンチにころがっていたんで、われながらびっくりしたよ。ママは、おこっていたか

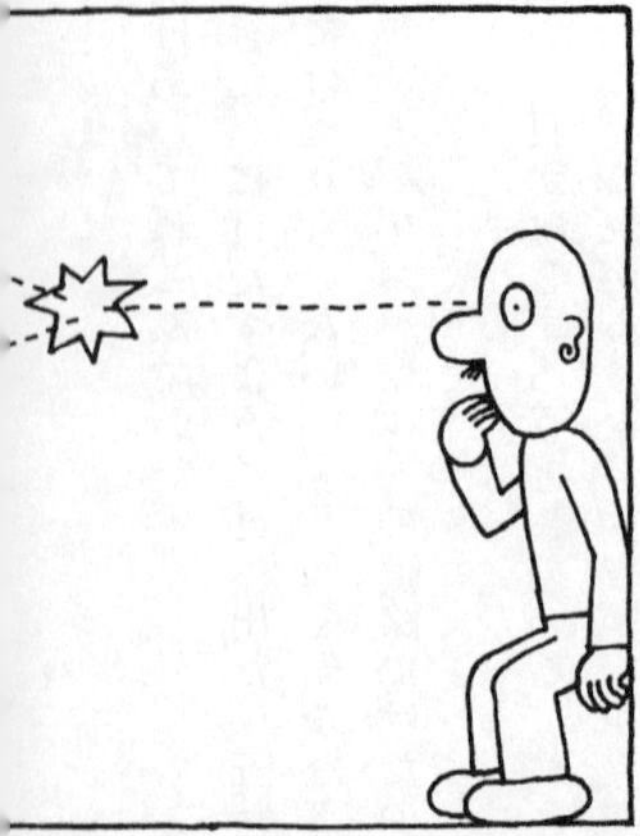

い？　なんかいってなかったかい？」

　口をきく気力《きりょく》もなかった。うでをとられて、ひきずられるように歩いていった。やがて家についた。二人のおとうさんは、もう目をさましていた。

「こりゃ、いったい　どうしたわけだ！」

　二番めのおとうさんが、とびあがるようにしてさけんだ。

「また一人ふえたぞ！」

　新しくあらわれたおとうさんは、口をポカンとあけて、つっ立っていた。二人をかわるがわるみつめながら、ぴしゃっと自分のほっぺたをたたいた。

「いけねえ、まだよっぱらっていやがる」

　二番めのおとうさんは、こうふんして、へやじゅうをぐるぐる歩きはじめた。最初《さいしょ》のおとうさんは、青ざめた顔《かお》をして、じっと考えこんでいた。

「きみも、やっぱりトシマ・タツオだというのか？」

　二番めのおとうさんが、歩きやめて、いった。

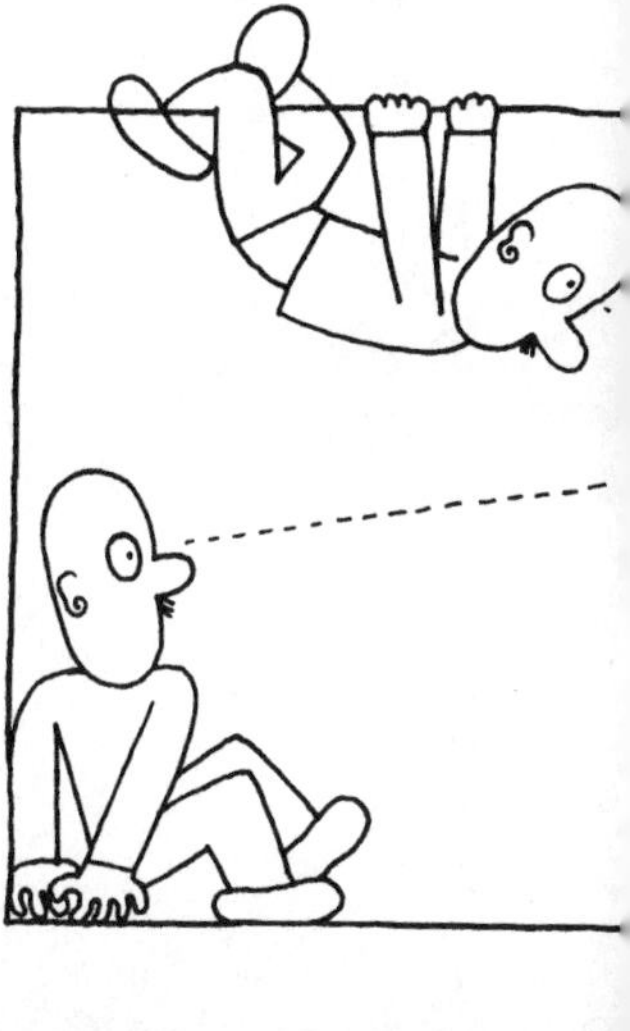

「こりゃおどろいた」

三番めのおとうさんは、水をかけられたみたいに、ぶるっと頭をふった。

「じゃ、おれがよっぱらってるわけじゃないんだな。そうすると、こりゃあどういうわけなんだ？　あんたがたは、だれなんだい？」

「トシマ・タツオさ」

「なんだって！」

三番めのおとうさんは、いまにもかみつきそうな顔《かお》をした。

そのとき、玄関《げんかん》で人の声がした。

「だれだ！」

三番めのおとうさんが、すばやくとびだしていった。二番めのおとうさんは、障子《しょうじ》を細目《ほそめ》にあけて玄関《げんかん》のほうをうかがった。

「となりのおくさんだ」

と、ささやいた。声がここまで聞こえてきた。

――朝早くおじゃましまして。

となりのおばさんは、とりみだした口調《くちょう》でいっていた。

――じつは、たいへんなことが起《お》きてしまいましたもんで……それでご相談《そうだん》にあがったんですが。

——いったい　どうなさったんです?

——それが、どうもお信《しん》じになれないかもしれませんが、うちの主人《しゅじん》が……そのう……どどうしたわけですか、きゅうに四人にふえてしまいましたもので、なにしろ、何から何までそっくりなものですから、わたしもむすめも、どれがどれやら判断《はんだん》がつかないありさまなんです。それで……主人とおたくとは、よく碁《ご》などなさっていらしたもんですから、ひょっとしたら、こちらさまにごらんいただければ、うちの主人がその四人のうちのどれだか、見わけていただけるかとぞんじまして。

「なにっ、おたくもですか!」

二番めのおとうさんが、さけびながらとびだした。

——あっ!

となりのおばさんは、みじかいさけび声をあげた。

——失礼《しつれい》しました。

やがて、よろめくような足どりで出ていった。

三番目のおとうさんは、電話にとびついた。手あたりしだいに、ダイヤルをまわしはじめた。

——もしもし。

相手《あいて》を呼《よ》びだしては、じっと待《ま》っている。返事《へんじ》を聞くたびに顔《かお》がひきつって、びくびくとけいれんした。

「なんてこった！」

とうとう、たたきつけるように受話器《じゅわき》をおいた。

「セキのところも、ハラダのところも、エビハラのところも、みんなふえちまっている。このぶんだと、町じゅうの人間がふえちまっているかもしれない」

頭をかかえこんで、その場《ば》にへたへたとすわりこんでしまった。

4

学校へ行った。教室はざわついていた。みんな不安《ふあん》そうな顔をしていた。クラスの半分しか出席《しゅっせき》していなかった。あっちにひとかたまり、こっちにひとかたまりになって、ぼそぼそと話し合っていた。

マサオが近づいてきた。

「おまえのところもか？」

顔を見るなり、きいてきた。だまってうなずいた。

「なんだって、おれたちだけこんなことになったんだろう。おとうさんがふえていないやつだっているのに」

「ほんとか？」

「ああ。ヤスシやキミ子のとこなんか、なんでもないっていっていた」

みんなからはなれて、ヤスシとキミ子がすみにすわっていた。おとうさんがふえなかったのがわるいみたいに、もじもじしていた。

先生がはいってきた。まゆをしかめていた。

「どんなことが起《お》こったか、もうみんな知っていると思う。学校にも電話が鳴《な》りっぱなしで、どうしていいかわからん。とにかく、きょうは、このまま家へ帰りなさい。先生たちは、これからの対策《たいさく》をたてなければならないから」

そのとき、みんなは、あっと息《いき》をのんだ。女の子が「先生！」と、かなきり声をあげた。もう一人の先生が、戸をあけてはいってきたのだ。ふたごのようにまったくおんなじだった。

二人はにらみあった。

「でたな、ばけものめ！」

一人がうめいた。

「ばかな。きさまこそ、よくもばけたな!」

もう一人がさけんで、いきなりとびかかった。教だんの上で二人の先生はとっくみあいをはじめた。みんな悲鳴《ひめい》をあげながら、にげだした。窓《まど》からとびだす者《もの》もいた。

「きみたち!」

下になった先生が、ゼイゼイのどをならしながら、さけんでいた。

「おれをわすれたのか! きみたちを、一年生のときからずっと教えてきたおれを。おれが本物《ほんもの》なんだ! このにせものを追《お》っぱらってくれ!」

校庭《こうてい》をかけぬけた。ほうぼうの教室から生徒《せいと》たちが走りでてきた。ネズミのむれのようだった。かどの文房具店《ぶんぼうぐてん》のまえで、ひと息《いき》ついた。救急車《きゅうきゅうしゃ》がとまって、人だかりがしていた。店《みせ》の奥《おく》からたんかが二つ出てきた。見なれた文房具店のおじさんの顔《かお》が、二つ、血《ち》にまみれてのぞいていた。

「ここのおやじさんも、二人にふえちゃったんですよ」

だれかが、まわりの者に説明《せつめい》していた。

「それで、口論《こうろん》のあげく、とうとう乱闘《らんとう》になり、二人ともけがをしたらしいですよ」

「ほんとに、どうしてこんなことになっちゃったんでしょうねえ。まったく信《しん》じられませんよ」

そばの人たちが、ささやいていた。

「ひょっとしたら、わたしたちも、家へ帰ると、もう一人のわたしが、ちゃんとあらわれるかもしれませんな」

だれかがじょうだんめかしていった。すると、人びとは、ぎくっとしたように、そわそわと文房具店の店さきからはなれていった。

街《まち》は、定休日《ていきゅうび》のようにしずかだった。店をあけている商店《しょうてん》は、かぞえるほどだった。客《きゃく》はほとんどはいっていなかった。店員が、不安《ふあん》げな顔つきで店さきに立って、通りをながめていた。車も人通りも、えんりょしたように少なかった。

風にあおられるように、人びとは町かどにあつまってきて、ひそひそささやきあっていた。

「あそこの家もふえたそうですよ」

「まあ！」

「うちはだいじょうぶかしら」

「十人も父親《ちちおや》がふえたおたくもあるそうよ」

「きみがわるいわ！」

一けんの家から、一人の少年がいきおいよくとびだしてきた。はだしだった。そのすぐあとを、三人の同じ顔《かお》をした男たちが追《お》いかけていった。

「おーい　にげるな、待《ま》ってくれえ」

男たちは、必死《ひっし》で少年を呼《よ》びとめた。

「おれたちは、おまえのパパなんだよ！　わからないのか！　なぜにげるんだあ」

だが、少年は顔をひきつらせて走っていった。少年と男たちは、つむじ風のように町かどをまがって見えなくなった。門のまえに立って見ていた人たちが、きゅう《け》に顔をこわばらせて家の中にすがたを消した。ガラス戸がしめられ、雨戸がとじられた。

ふいに、通りはがらんとしてしまった。親子《おやこ》の犬《いぬ》が、じゃれながら通りをななめに

よこぎっていった。道の両がわにふきよせられたゴミが、糸であやつられたように動《うご》いていた。

家へ帰った。おとうさんたちは、テレビを見ながらお酒《さけ》を飲《の》んでいた。胸《むね》に番号を書いたゼッケンのようなものをつけている。

「これか？」

二番のおとうさんが、それをちょっとつまんで、顔《かお》をしかめた。

「おたがいにわからなくなると困《こま》るんでね、とりあえず、あらわれた順番《じゅんばん》に番号をつけることにしたのさ。

——がんばらなくちゃあ、がんばらなくちゃあ……。

テレビから、節《ふし》をつけた声がながれてきた。

「くだらん！」

一番のおとうさんが、むっとした顔《かお》つきでスイッチをひねった。

となりのへやから、おかあさんがふらふらとはいってきた。髪《かみ》の毛《け》をくしゃくしゃにして、ねまきをだらしなくひきずっていた。まっすぐへやを横《よこ》ぎり、たんすのまえに行った。ひきだしからすいみん薬《やく》のびんをとりだすと、だいじそうにかかえて、またへやを横ぎっていった。

ああ、と、一番のおとうさんが、大きなため息《いき》をついた。三番のおとうさんが、こきざみに肩《かた》をふるわせた。ククククというおさえた声がもれてきた。泣《な》いているのだった。二番のおとうさんは、コップにお酒《さけ》をなみなみとついで、あおるように、いっきに飲《の》みほした。

それから、三人のおとうさんは、だまってお酒を飲みつづけ、しまいによっぱらってしまった。肩をだきあって泣きだした。いつまでも泣きつづけ、それから、一人ずつ、どすんとたたみの上にひっくりかえると、苦《くる》しそうに身をよじって、ゲエゲエと胃《い》の中のものをはきだすのだった。

5

父親《ちちおや》がふえるという奇妙《きみょう》な現象《げんしょう》が起《お》こったのは、この町だけじゃなかった。全国いたるところで同じようなさわぎがもちあがったのだ。ふえるのは父親にかぎられていた。ふえる人数は三、四人がほとんどだったが、なかには十二人もふえた家庭《かてい》もあった。ふえかたには一定の法則《ほうそく》も基準《きじゅん》もなかった。若《わか》い父親も年とった父親も、ともにふえた。資本家《しほんか》の家庭でも労働者《ろうどうしゃ》の家庭でも、学者《がくしゃ》の家庭でも商人《しょうにん》の家庭でも、サラリーマンの家庭でも自由業《じゆうぎょう》の家庭《かてい》でも、父親《ちちおや》たちはふえつづけた。

現象《げんしょう》は、ほぼ一週間《しゅうかん》つづいた。それからふいに、はじまったときと同じに、ぱたりとおさまった。それからは、もうどこでもふえなかった。統計《とうけい》によれば、全国の二十パーセント前後の家庭で父親がふえていた。数人の大臣《だいじん》がふえた。

いくつかの有名《ゆうめい》な大会社の社長がふえた。有名な評論家《ひょうろんか》、小説家《しょうせつか》、児童文学者《じどうぶんがくしゃ》、教授《きょうじゅ》が、いく人かふえた。人気のあるスポーツマンや歌手《かしゅ》タレントのなかでもかなり多くの者がふえた。ふえた家庭の家族《かぞく》のなかで、ショックで自殺《じさつ》するものがかなりあった。こうふんしてあらそい、おたがいに傷《きず》ついたという事件《じけん》は、かぞえきれないほどあった。

当局《とうきょく》は、すばやく事態《じたい》の収拾《しゅうしゅう》をはかった。政府機関《せいふきかん》のすべてから、ふえた者が追《お》いだされた。治安《ちあん》の維持《いじ》という名目《めいもく》で、警官《けいかん》はすべてふえなかった者によってしめられた。やがて、ふえた者たちにたいして、当局は番号札《ばんごうふだ》を発行《はっこう》し、それを胸《むね》につけることを強制《きょうせい》した。違反者《いはんしゃ》は罰《ばっ》せられた。それから対策委員会《たいさくいいんかい》が組織《そしき》され、事態の根本的《こんぽんてき》解決策《かいけつさく》を提示《ていじ》するように求《もと》められた。対策委員会は不眠不休《ふみんふきゅう》で活動《かつどう》をつづけ、一か月ほどで案《あん》ができあがった。ただちに全国いっせいにその案は実行《じっこう》にうつされることになった。

おとうさんたちは、胸に政府発行の番号札をつけ、おたがいを呼《よ》ぶときは、「おい一番」とか、「なんだ、三番」とかいった。はじめのうちは、口の中で声が消《き》えてしまうことが多かったが、しだいになれて、気がるに呼び合うようになった。三人は、順番《じゅんばん》をきめて毎日交代《こうたい》で会社にでかけていった。のこった二人は、そうじをしたりせんたくをしたり、食事のしたくをしたり、家の中の仕事のすべてをしなければならなかった。

おかあさんは、まったくなんにもしなかった。病人《びょうにん》のように、一日の大部分はすいみん薬《やく》を飲《の》んでねていた。起《お》きているときは、一人で何かたべていた。おとうさんたちの作った食事には、手をつけなかった。銀行《ぎんこう》へ行って自分の貯金《ちょきん》をおろし、それでまかなっていた。だれとも口をきかず、へやにこもりっきりだった。

新聞《しんぶん》やテレビにこんどの事態の根本的解決策が発表された夜、おとうさんたちはひさしぶりにそろって酒《さけ》を飲《の》み、おそくまで話し合っていた。ときおり、声高《こわだか》に口論《こうろん》しそうなけはいになったが、すぐさま、ぼそぼそとしたささやき声にかわるのだった。

ある日、授業《じゅぎょう》がおわって校門《こうもん》を出ると、三番のおとうさんが、待《ま》ちかねたようにかけよってきた。

「ちょっと相談《そうだん》があるんだ」

そわそわして、おちつかなかった。近くの喫茶店《きっさてん》にはいっても、用心ぶかそうにしきりにあたりを見まわし、人目にたたない奥《おく》のほうの席《せき》にすわるのだった。

「相談って、なあに?」

「うん。それがね」

口ごもって、たばこばかりふかしていた。

「どうしたの?」

「ああ」

目をふせて床《ゆか》をみつめていたが、おもいきったように、

「おまえ、なにかほしいものはないか?」

いきなりきりだした。

「ほしいもの?」

「そうだ。なんでもほしいものをいってごらん。プラモデルか? うで時計《どけい》か? 外国製《がいこくせい》のすばらしいのをほしくないか? 自転車は……あるな。オートバイ、こいつはまだ早すぎると。ラジオ・カセットはどう? それともいっそ、ステレオにするか……どうかね?」

「……」

「どうしたんだ。べつに気にしなくたっていいんだよ。おれはね、あの二人とはちがうんだ。おまえをいちばんかわいがっているのは、なんてったっておれなのさ。だからね、これからは、なんでもこのパパに相談しなさい。どんなことでも、きいてあげるよ。トシオ、信《しん》じてくれ。おまえのことをほんとうに気にかけているのは、この三番のパパだけなんだよ」

ポケットから、さいふをとりだした。

「そうだ。おまえ、もうこづかいがないだろう。そら、これをやるから、すきなように使いなさい。ただし、あの二人にはだまってるんだよ」

さいふから、二、三枚《まい》の一万円札《さつ》をつかみだし、にぎらせようとした。だが、ふいにうでをつかまれ、札をとりあげられてしまった。いつのまに来たのか、一番と二番のおとうさんが、わきに立っていた。

「おおかた、こんなことだろうと思った」

一番のおとうさんがいった。

「トシオを買収《ばいしゅう》しようとしたな」

「きたないやつだ！」

二番のおとうさんが、はきすてるようにいった。

「どうも、こないだの晩《ばん》からあやしいと思ってたんだ。あのとき、ぐずぐずいって、はっきり返事《へんじ》をしなかったので、きっと約束《やくそく》をやぶるにちがいないと、ずっと注意《ちゅうい》してたんだ。そしたら、やっぱりあんのじょうだった。恥《はじ》をしれ、恥を！」

三番のおとうさんは、ののしられても何もいいかえさず、じっとうなだれていた。

「まあいいさ」

一番のおとうさんが、二番のおとうさんをなだめながら、

「いまさらどんなことをやったって、おそいよ。くるべきものがきたんだよ」

ぽんとぶあつい ふうとうを、みんなのまえになげだした。三番のおとうさんの顔《かお》が、ぴくっとひきつった。

「調査官派遣《ちょうさかんはけん》の通知書《つうちしょ》だよ。さっきとどいたばかりだ。トシオ、わたしたちはおまえを判定者《はんていしゃ》として申請《しんせい》しておいたよ。なにしろ、おかあさんはあのとおりで、とてもたよりにならないからね。のこるのは、おまえだけだったのさ。わたしたちはおまえを信《しん》じてるよ。だから、私たちも申し合わせをして、事前《じぜん》におまえに近づいて、自分を選《えら》んでくれとたのみこんだりするのはやめよう、ということになったんだ」

「それを、こいつは、やぶったんだ！」

二番のおとうさんは、まだおこっていた。三番のおとうさんは、ぱっと立ちあがっ

た。

「おれはいやだ、反対《はんたい》だ！　調査官だかなんだか知らないが、来たら追《お》いかえしてやる。だいたい　こんどの根本的解決策《こんぽんてきかいけつさく》なんて、まったくのインチキにちがいない！」

「おまえさんが一人で反対したって、どうにもならんぜ。もうきまっちゃったことだからな。したがわなきゃ損《そん》するぜ。それに、おまえさんがぬけてくれりゃあ、こんなありがたいことはない、自分から資格《しかく》をすてるんだからね。あとは二人だけだから、確率《かくりつ》は五十パーセントになって、はなはだつごうがよろしい」

二番のおとうさんは、からかうようにいったが、顔《かお》つきはしんけんだった。三番のおとうさんは、がくっと肩《かた》をおとして、のろのろとまたすわりこんでしまった。一番のおとうさんは、ふうとうから書類《しょるい》をひっぱりだした。ゆっくりとひきのばしながら、

「くるのは、あさってだよ」

ぽつりと、だれにともなくつぶやいた。

6

表《おもて》通りに自動車がとまっていた。役所《やくしょ》の車らしい乗用車《じょうようしゃ》が二台と、警官《けいかん》の乗ったト

ラック、護送車《ごそうしゃ》のような灰色《はいいろ》をした大型の車が一台。トラックから警官がばらばらととびおりた。乗用車からは、青い背広《せびろ》を着《き》た男たちが数人ずつおりてきた。何か相談《そうだん》するようにかたまった。すぐはなれて、四組にわかれて、まわりをとりかこんでいる人たちをかきわけながら、路地《ろじ》をはいっていった。

家にかけこんだ。

「来たか⁉」

おとうさんたちが、いきごんでいった。うなずいた。

「ちくしょう！」

三番のおとうさんが、いままでエンピツでいたずらがきをしていた調査官派遣《ちょうさかんはけん》の通《つう》知《ち》書《しょ》をほうりだし、ごろりとひっくりかえって、いまいましそうに舌《した》うちした。

「はいってきたら追《お》いだしてやる」

あとの二人は、ものもいわなかった。じっと待《ま》ちかまえていた。

玄関《げんかん》があいた。四人の男が立っていた。二人は警官だった。あとの二人のうち、一人は若《わか》く、一人は年とっていた。若い男はぶあつい書類《しょるい》のつづりをかかえていた。

「トシマ・タツオさんですね」

年とった男はいった。返事《へんじ》も待たずに、四人はずかずかとあがりこんだ。警官は、へやにははいらず、しきいぎわに立って見はりをしていた。三番のおとうさんは、起《お》きあがって何かいおうとしたが、警官を見ると、ふてくされたように、また横《よこ》になってしまった。

へやにはいった二人の男は、テーブルのまえにすわった。若い男は書類をひらきはじめた。

「わたしが調査官《ちょうさかん》です」

年とった男はそういって、じろりと、こっちを見た。

「みなさん、これだけですか。全部そろっていますね」

「あの、家内《かない》はちょっと病気《びょうき》で、ねておりますが」

一番のおとうさんが、おずおずといった。

「いや、それはよろしい。おくさんは失格者《しっかくしゃ》として届《とど》けが出ておりますから。すると、あなたがた三人と、それから、きみがトシオくんですね?」

「はい」

「ふむ。それでは、さっそくはじめましょう。きみ、用意《ようい》はいいね」

若《わか》い男はうなずいた。三番のおとうさんはとうとう起《お》きあがってしまった。テーブルをはさんで、おとうさんたちと調査官たちが向かいあった。

「トシオくん。きみは判定者《はんていしゃ》だから、ひとまずあそこにすわって、話を聞いてくれたまえ」

調査官は、へやのひとすみを示《しめ》した。

「では、はじめましょう。ところで、おねがいしておきたいのは、どのようなことになろうとも、冷静《れいせい》に事態《じたい》をうけとめていただきたいということです。けっして感情的《かんじょうてき》にならないように。感情的にもつれると、解決《かいけつ》は、いつまでたってもつきません。それはあなたがたにとってはますます不幸《ふこう》なことになりかねない。そこのところをよく見きわめて、すっぱりとわりきった考えかたをとられるように。以上《いじょう》は前おきです。では本題《ほんだい》にはいりましょう」

調査官は、ハンカチをとりだして、口をぬぐった。

「といっても、なにもおおげさなことではありません。かいつまんで手順《てじゅん》を申しますと、まず、あなたがた三人にそれぞれの考えをのべていただきます。あなたたちが、これからどういう父親《ちちおや》になり、どういう家庭《かてい》をつくっていこうと考えているか……つまり、そういったことをトシオくんにむかってのべてください。もちろん、でたらめをいってもだめです。こちらで、いままでのあなたたちのくらしぶりや考えかたは全《ぜん》部調査《ぶちょうさ》ずみですから。あくまでもこれまでの生活の上に立った考えをのべていただき

ます。で、トシオくんは、三人のなかからいちばんよいと思われる人を、父親として選《えら》ぶことになります。のこった二人は、べつにこちらでよいようにとりはからいます。ざっとこういう順序《じゅんじょ》でやっていただきます」

「たったそれだけですか？」

三番のおとうさんが、あっけにとられたようにききかえした。

「そうです。なにかご不満《ふまん》がおありですか？」

「不満というわけじゃないが、それじゃあ、あんまりかんたんすぎるじゃありませんか」

「そうだ。それに、どうしてそ

ういうことをまえもって知らせてくれなかったんです。そうすりゃあ、こっちだってちゃんと考えをまとめておくことができたのに。いきなりどんな父親《ちちおや》になるか、どんな家庭《かてい》をつくるかなんていわれたって、すらすらしゃべれやしない」

　二番のおとうさんが、口をとがらせていった。

「そこ、そこ、そこなんですよ、こんどの解決策《かいけつさく》のねらいは」

　調査官《ちょうさかん》は、にっこりわらって三人のおとうさんを見まわした。

「まえもってこういうことをやると知らせておけば、だれだってそれなりにりっぱな考えをまとめちゃいますからね。目のまえで不意《ふい》にいわれ、あわてて考える。そこのところに、その人のほんねがあらわれるわけで、それをねらっているわけです。それから、こういうことは、くだくだしくやるよりも、ごくかんたんにやったほうがしこりがのこらなくてすむんじゃないでしょうか。とにかく、一家に三人も四人も父親《ちちおや》がいるというのは、これは、はなはだよろしくない。世の中の秩《ちつ》序《じょ》がみだれるもとです。一家に一人の父親——これこそあるべきすがたです」

おとうさんたちは、うでをくんでだまりこんだ。

「いや、これはわたしがしゃべりすぎました。ではまず、一番のかたからはじめていただきましょう。ごくかんたんに、要点《ようてん》だけをトシオくんにわかるように話してください。持《も》ち時間は一人二分です」

調査官《ちょうさかん》は、ものなれた調子《ちょうし》でうながした。

「おお、うむ」

一番のおとうさんは、はっとわれにかえったように、うでぐみをといた。

「おれは、いや、わたしは……」

いいかけて、ちらっとこっちを見た。すぐ調査官のほうに向きなおり、ことばをつづけた。

「愛情《あいじょう》のある父親になろうと思う。愛情っていったって、べつにおおげさなもんじゃないんだよ。たとえば、おかあさんがつかれていたら、わたしが家事《かじ》をてつだってやるとか、トシオ、おまえがなにやらふさぎこんでいたら、どうしたのかとたずねて、いっしょになってなやみごとを相談《そうだん》しあうとか、つまり、おたがいをいたわりあう気《き》持《もち》――これが愛情だと思う。わかるね。なにごとも愛情の上にたって処理《しょり》してゆけば、けっしてにくみあうこともないし、いがみあうこともない。いたわりの気持――これこそ、わたしがこれから持ちつづけたいものであると同時に、トシオ、おまえやおかあさんといっしょに、わたしたちのかけがえのない家庭《かてい》をつくってゆく基礎《きそ》にしたいと思うのだが」

一番のおとうさんは、そこで、ふっと口をつぐんでしまった。しばらくちんもくがつづいた。調査官がせきばらいした。

「もういいんですか？」

「え？　まあ……どうぞ」

一番のおとうさんは、そのままうでをくみ、目をとじてしまった。

「では、つぎに二番のかた」

調査官《ちょうさかん》がうながした。二番のおとうさんが、こっちを向いてしゃべりはじめた。

「ねえ、トシオ。ちょっとむずかしくなるけど、よく聞いておくれ。おとうさんはね、いままでもそうだったけど、これからはよりいっそうあたたかい家庭《かてい》をつくっていきたいと思ってるんだよ。それにはね、三本の柱《はしら》が必要《ひつよう》だと思うんだ。第一の柱は、おたがいをいたわりあうということ。これは、つまり、どんな場合《ばあい》にも相手《あいて》の立場《たちば》を理解《かいり》してやって、やさしくなぐさめはげましてやるということで、相手の失敗《しっぱい》をどなりつけたり、自分がふきげんだからといって、けっしてやつあたりしないこと。これまでちょいちょいそういうことがあったけど、これからは、やさしいおとうさんになるよ」

二番のおとうさんは、みじかい時間にとっさに考えをまとめたらしく、すらすらしゃべってゆく。

目のまえに、白い紙が落ちているのに気づいた。とりあげてみると、調査官派遣《ちょうさかんはけん》の通知書《つうちしょ》だった。そばにエンピツも落ちている。エンピツをひろい、通知書の裏《うら》に三本のたて線《せん》をひいた。線と線のあいだに、でたらめにみじかい横線《よこせん》をひっぱった。アミダくじができあがった。三本のたて線の下に1　2　3と番号を書き、それがかくれるようにくるくるとまいて、はじだけ出した。

「第二の柱は、正直《しょうじき》であること。おたがいにかくしごとをしていたり、うそをついていたりしたんじゃあ、理解しあえないからね。おたがいにおたがいを理解しないんじゃあ、あたたかい家庭なんてつくれないだろう？　これからおとうさんはおまえに、けっしてかくしごとをしないから、おまえもおとうさんに、うそをついてはいけないよ。第三の柱は、がまん。にんたいといったほうがいいかな。いくら親子《おやこ》だって、いつもいっしょにくらしていりゃあ、いやなことだってあるだろう？　そこをがまんして、おたがいにあたたかい家庭をつくっていこうじゃないか、え、トシオ」

二番のおとうさんは、いいおわると、にっこりわらいかけてきた。

「では、三番のかた」

調査官はつづけてうながした。三番のおとうさんは、むっつりした口調《くちょう》でいった。

「おれは、何もいうことはない。いう必要《ひつよう》もない。だいいち、こんなやりかたで解決《かいけつ》をつけるなんて、なっとくがいかない」

三本の線のうち、おもいきってまん中を選《えら》んだ。紙をひろげながら、ジグザグにたて線・横線《よこせん》をたどっていった。

「それじゃ、おととい、トシオを買収《ばいしゅう》しようとしたのは、どういうわけだ」

二番のおとうさんが、つっかかるようにいった。

「あれはただ、トシオをためしてみようと思っただけさ」

三番のおとうさんは、けろっとして答えた。

「とにかく、おれはトシオにむかっていまさら何もいうことはない。おれはトシオを信頼《しんらい》している。親子《おやこ》のあいだでいちばんたいせつなのは、おたがいの信頼だからね。トシオは、おれの信頼をうらぎらないだろうよ」

アミダの結果《けっか》が出た。すばやく目を通し、紙をまるめてポケットにしまいこんだ。

「はい　どうもごくろうさまでした」

調査官《ちょうさかん》は、やれやれといった顔《かお》つきで、

「それでは、トシオくんに判定《はんてい》してもらいましょう。あなたがたは、ちょっとうしろのほうにさがっていてください。トシオくん、前に出て。どうです、いまのおとうさんたちの話を聞いて、選《えら》ぶ人はきまりましたか？」

アミダの結果を小声で調査官につげた。理由《りゆう》は？　と調査官はいった。ちょっとまよったけど、すぐ、いちばんいっしょにくらしやすそうだから、と答えた。たしかだね、あとで後悔《こうかい》はしないねと、念《ねん》をおしてきた。はい、と答えた。すると調査官は、

「決定《けってい》いたしました！」

と、歌謡《かよう》コンテストの司《し》会者《かいしゃ》みたいにさけんだ。

「トシオくんの選《えら》んだのは、一番のおとうさんです。一番のおとうさんが、今後《こんご》トシ

オくんのおとうさんになります！」

「ばかな！」

二番のおとうさんが、いきなり立ちあがった。

「そんないいかげんなことがあるか。トシオの父親《ちちおや》は、わたし以外《いがい》にぜったいいるはずがないんだ！」

三番のおとうさんも、まっさおな顔《かお》つきで、調査官につめよった。調査官はちょっと身《み》をひいて、警官《けいかん》たちに合図《あいず》した。二人の警官は、さっとへやにとびこんできた。

「なにをする！」

「はなせ、はなせったら！」

あばれる二人のおとうさんを、警官《けいかん》たちはすばやくおさえつけ、ずるずると、外へひっぱりだしていってしまった。

「やれやれ。たいてい最後《さいご》はこうなる」

調査官《ちょうさかん》は、ひたいのあせをぬぐった。それから、きゅうに事務的《じむてき》な口調《くちょう》になった。

「では、これにサインしてください。印《いん》をおして」

若《わか》い男から〈認定書《にんていしょ》〉という用紙《ようし》をうけとって、一番のおとうさんにさしだした。

「あの二人は、どうなるんですか？」

認定書

氏名　トシマ・タツオ
生年月日
本籍
現住所

右の者は、トシマ・エミ子のゆいいつの夫《おっと》であり、かつまた、トシマ・トシオのゆいいつの父親《ちちおや》であることを認定する。

家庭再組織委員会

認定書をうけとった一番のおとうさんは、いくぶん心配そうにきいた。

「なあに、心配はいりません。余分《よぶん》人間として、国家の手で適当《てきとう》に管理《かんり》されます。あの二人は、トシマ・タツオにはなれませんが、べつの人間として生きてゆくことができます」

調査官は、若い男をうながして立ちあがった。じゃあ、おしあわせにといって、二人は表《おもて》へ出ていった。

表通りには、人だかりがしていた。おおぜいの警官が人がきをおさえていた。二、三げんの家から、認定にもれた父親たちが警官にひきずられて出てきた。いきなり、警官の手をふりほどいて三人ばかりかけだした。

「不合理《ふごうり》だ！　こんなやりかたってあるか！」

「インチキだ！　やりなおせ！」

口ぐちにさけんでいた。人がきをおさえていた警官《けいかん》がばらばらと走りだし、たちまち追《お》いついて、灰色《はいいろ》の護送車《ごそうしゃ》にすばやくおしこんでしまった。やがて、路地《ろじ》からいく組かの調査官《ちょうさかん》が出てきて、乗用車《じょうようしゃ》に乗《の》りこむと、警官たちもトラックにのりうつり、車の列《れつ》は走りだした。これでこの地区の整理《せいり》は完了《かんりょう》したのだった。

「トシオ、もどろう」

肩《かた》の上にあたたかい手がかかった。一番のおとうさんが、にっこりわらいながら、そばに立っていた。

「そうだ。こんなもの、もういらないんだ」

おとうさんは、一番と書いてある札《ふだ》を胸《むね》からはずし、しばらくじっとみつめ、それから手をはなした。番号札は、風にのって遠《とお》くへふきとばされていった。

家にもどると、玄関《げんかん》におかあさんがむかえに出ていた。ついさっきまでの病人《びょうにん》のようなむくんだ顔《かお》つきじゃなかった。はれやかなわらいを顔いっぱいにうかべて、生き生きとしていた。

「なんだ、おまえ、病気《びょうき》じゃなかったのか！」

おとうさんは、びっくりしたようにさけんだ。するとおかあさんは、ちいさく声をあげてわらった。そうして、ねがいごとがかなった小さな子どものように、うきうきとして、いった。

「こうなるのを、じっと待《ま》っていたのよ」

7

そして、すべてがもとどおりになった。なにもかも。あのときのことが、ちょっとしたわるいゆめだったかのように思えるくらいに——と、そこまで書いてきて、トシマ・トシオはエンピツをおいた。

ごろりと横《よこ》になった。台所《だいどころ》からいいにおいがただよってくる。母親《ははおや》が夕飯《ゆうはん》のしたくをしているのだ。父親《ちちおや》は、さっき帰ってきた。となりのへやで新聞でもよんでくつろいでいるのだろう。

もう、こんりんざいあんなへんてこなことは起《お》こらないだろう、と、トシオは思った。すべてがまったくもとにもどったのだ。あの根本的解決策《こんぽんてきかいけっさく》によって。認定《にんてい》にもれた父親たちは、国家の手で管理《かんり》されて、どこかでくらしているのだろう。どんなふうにくらしているかは、だれも知らない。また、きっと知りたくもないにちがいない。とにかく、いまは、どこの家庭《かてい》でも父親は一人しかいない。もとにもどってみれば、なんてことはないのだ。いままでどおりの生活をつづけてゆけばよかった。それなのに、わるいゆめを思いださせることを、あえてほじくりだすばかはいない。

トシオは、自分の頭の中からきれいさっぱり追《お》いはらってしまうために、あのことを、すっかり、長い時間をかけて何から何まで書いてみた。すると、あのことは、一冊《さつ》のうすっぺらなノートの中にうつしかえられ、すっかり色あせた古写真《ふるしゃしん》のように思

M.SASAKI

えてきた。

トシオは、書きちらしたノートをとじて、つくえの引きだしにほうりこんだ。これでおわりだ。すべておわりだ。なにもかもわるいゆめはおさらば、バイバイ、さようなら。

玄関《げんかん》の戸があく音がした。だれか来たようだった。

「ちょっとう、玄関があいたわよ。だれか出てちょうだい。手がはなせないのよう」

母親《ははおや》が台所《だいどころ》でさけんだ。

「トシオ、ちょっと出てくれないか」

となりのへやから父親《ちちおや》がいった。

「オーケー」

トシオは、気がるに立って玄関に出た。一人の少年が、うつむいてくつをぬぎかけていた。

「どなたですか？」

少年は顔《かお》をあげた。ふいにトシオの顔が青ざめ、そのままそこにくぎづけにされたようになった。

〈トシマ・トシオ〉が、目のまえに立っていた。あがりがまちに片足《かたあし》をかけ、口をあんぐりとあけて、はりさけるような目で、一心《いっしん》にトシオのほうをみつめながら。

どう頑張っても
話が通じない人がいるという絶望に

［SF棚（スラップスティック）］

最悪の接触《ワースト・コンタクト》

筒井康隆

ちゃんと説明しても誤解されたり、議論のつもりがケンカになったり、何度言ってもわかってもらえなかったり、事情を説明しているのに言い訳と言われたり……。

どう頑張っても話が通じないことはあるものです。

そんなときは、この短編!

これほど話が通じないのを読んでおけば、もうどんな相手が現れても大丈夫です。

筒井康隆(つつい・やすたか)

1934年、大阪市生まれ。小説家、劇作家、俳優。小松左京、星新一と並んで「SF御三家」とも称される。前衛的で実験的な作風で、娯楽作から純文学まで幅広い。『虚人たち』で泉鏡花文学賞、『夢の木坂分岐点』で谷崎潤一郎賞、『ヨッパ谷への降下』で川端康成文学賞、『朝のガスパール』で日本SF大賞、『わたしのグランパ』で読売文学賞を受賞。その他にも、パゾリーニ賞、紫綬褒章、菊池寛賞、毎日芸術賞など受章多数。

「呼び出したのは他でもない」局長が、すでに不吉な予感にふるえているおれの顔をじろりと見てからそっぽを向き、話しはじめた。「マグ・マグ人というのが接触《コンタクト》したいと言ってきた。地球の人間はまだ誰ひとりマグ・マグ人に会っていない。で、地球とマグ・マグが本格的な交際を始める前に、例によって試験的に、代表的地球人ひとりと代表的マグ・マグ人ひとりを一週間だけ、この基地のドームのひとつで共同生活させることになった」

案の定ぞっとしない、いや、ぞっとする仕事である。「それにわたしが選ばれたわけですか」

局長は大きくうなずいた。「その通りだ。この基地がマグ・マグにいちばん近いそうだ」

「共同生活させる場合は平均的な、常識ゆたかな代表者であることが望ましいわけでしょう」

「自分はそうではない、と言いたいわけだな」にやりと笑ってから局長は急にデスクの彼方《かなた》でおどりあがり、おれに指をつきつけてわめきはじめた。「その通りだ。お前は酔っぱらいで、怠けもので、喧嘩《けんか》早くて、しかも非常識だ。くそ。なぜおれの部下たるや、どいつもこいつも」気を静めようとしてか局長は局長室の中をぐるぐると歩きまわりはじめた。「しかし、他に誰がいる。チャンは完全な慢性アルコール中毒で、いつもピンクの象を供にひきつれている。ストーンフェイスは自閉症だ。誰とも話をしないし仕事もしない。サンチョは酒は一滴も飲まないが怒りっぽくて、相手も場所もわきまえずにナイフを抜く。バクシは真面目《まじめ》でよく働くが、することなすことヘマだらけ、あいつの居た場所へあとから行ったら、今まであいつがそこにいて一生けんめい働いていたことはひと眼でわかる。ものが滅茶苦茶《めちゃくちゃ》に壊れていなかったことは一度もない。だが、その点お前は」椅子《いす》に腰をおろし、ゆっくりとおれにうなずきかけた。「酒は飲むがまだアル中ではない。怠けものだが自閉症ではない。喧嘩はするものの殺人鬼ではない。非常識ではあるが完全な馬鹿《ばか》ではない」

「ひどすぎる」さすがにむっとして、おれは口を尖《とが》らせた。「いくらなんでも、それほどのことはありません」

何か言い返そうとした局長が、思いなおしておれに笑いかけた。「そう。その通り。いくらなんでもそれほどのことはない。お前は基地内で一番の平均的常識人だ」真顔に戻り、命令口調になった。「お前がマグ・マグ人と共同生活をするのだ」

異種族は大嫌いだったがしかたがない。どうやら一週間だけ我慢するほかなさそうである。「で、そのマグ・マグというのはどういう連中なのです」

局長はちょっといらいらし、指さきで机を叩《たた》いた。「それがわからんからお前に共同生活をさせるのだ。風俗習慣、生活態度、ものの考えかた、性格、そうしたことすべてを観察し、相手から学びとってこなければならん。相手もお前からそれを学ぼうとするだろうから、教えてやれる事柄はすべて教えてやらねばならん」

「学べなければどうなります。たとえばそのう、相手がテレパシイ種族であればこっちにその能力はないし、もしジェスチュアだけしかできない唖《おし》の種族であれば」

「そういうことなら交信ですでにわかっている。マグ・マグ人はお前が学校で学んできた筈《はず》のヒューマノイド共通語を喋《しゃべ》ることができる」

おれはほっとした。「ヒューマノイドですか。つまりナメクジ型やクモ・タコ型ではないわけですね」

「うむ安心しろ人間型だ。さらに彼らの呼吸しているのは弗素《ふっそ》でも塩素でも硫化水素でもない。酸素だ。ヒューマノイドだから当然のことだが彼らの望む気圧も温度も重力も地球人のそれとたいして違わない」

「問題はわたしの相手として選ばれてくるやつです」と、おれは言った。「いくら善良な種族でもわたしの相手が兇暴《きょうぼう》ではかないません」

「それも安心しろ」あてつけがましく局長はおれをじろじろ見ながら答えた。「こっちと違ってあっちは本拠のマグ・マグからやってくるんだ。厳選された優秀なマグ・マグ人に決まっとるよ。くれぐれも粗相があってはならんぞ」

マグ・マグとの数十度の交信、地球本部との百回を越す打ちあわせの結果、試験結婚、などと呼ばれているらしいその異星人との共同生活の日どりが決定し、新しいドームが基地のはずれに建設され、マグ・マグから送ってきた什器《じゅうき》備品を含め、世帯道具など一式が運び込まれた。

その日、おれがドームへ出発するため身のまわりの品を袋へ詰めこんでいると、バクシがやってきて報告した。「マグ・マグからの船、さっき来て、マグ・マグ人ひとり、ドームに入って行ったよ。あなたも早く行く、いいよ」

「どんなやつだ」

「男だよ」

「そりゃまあ、そうだろうさ」男と女に共同生活なんぞさせて宇宙混血でも生まれた日には大騒ぎである。

「髪は白みたいなうす茶色。背はあなたより少し低いよ。遠くから見ただけだけど、ちらりとこちら振り向いたの一度だけ見たら眼が真っ赤だったよ」

「それがちょっと、気にくわんな」イエウサギのようにアルビノの種族なのだろう、と、おれは思った。眼球の真っ赤なアルビノには地球でも二、三度会ったことがある。むろん、あまり気持のいいものではない。

小型の気密車でサンチョにドームの前まで送ってもらい、おれは減圧室兼用のエア・ロックに入った。ここで気密服を脱ぎ、いよいよマグ・マグ人のいる部屋に入る。おれはもともと無愛想な方である。いつも通りの態度で押し通した方が不自然でなくていいのではないか、とも思ったが、平均的常識人というふれこみで会うのだから少しは愛想よくした方がよかろうと考えなおし、多少芯《しん》が疲れるが平均的常識人の振舞いをできるだけ思い出しながら真似《まね》ることにした。

ドアが開くと、マグ・マグ人はにこにこ笑いながらこちらを向いて立っていた。知的な顔をしていて、われわれ日本人であれば眼球の、黒眼の筈《はず》の部分が真っ赤であるほかは、地球人と特に変わったところはない。おれも笑顔を作り、荷物をフロアーに置くとすぐ、両掌《りょうて》を拡《ひろ》げてななめ前方に差し出した。たいていのヒューマノイド型異星人に悪意がないところを見せるにはこの方法が一番だと教わっていたからである。

「よろしく。タケモトです」

ところがマグ・マグ人は両手を背中の方にまわしたまま、おれにうなずき返した。

「よろしく。ケララです」

両手をうしろへまわすことによって恭順の意を示す種族も二、三ある。おれもあわてて両手を背中にまわした。

その途端、ケララというそのマグ・マグ人は、背後に握っていた棍棒《こんぼう》を振りかざし、おれの脳天を一撃した。

眼がくらんだ。「いてててててて」

おれはいったんぶっ倒れ、怒りでなかば逆上し、すぐとび起きて叫んだ。「何をする」相手が地球人なら殴りかかっているところだ。おれはけんめいに自制しながらケララを睨《にら》みつけた。

ケララはにこにこしていた。「よかった。死ななかったね」

怒りを忘れ、おれは一瞬啞然《あぜん》とした。相手の意図を悟ろうとしながら、おれはゆっくりと椅子に腰をおろした。「死ぬところだったぞ」

「あなたを殺して何になりますか」ケララは笑いながら、テーブルをはさんでおれと向かいあい、腰をかけた。「死なないように殴ったよ」

　またもや怒りがぶり返し、おれはテーブルを叩いてわめいた。「だから、なぜ殴ったと訊《き》いているんだ」

　ケララは真顔になり、ちょっと怪訝《けげん》そうな表情をした。「だから言ったでしょ。わたしはあなたを、殺さなかった」

　おれは憤然として立ちあがり、わめいた。「殺されてたまるか」

「なぜ、そんなに怒る」ケララもあわてた様子で立ちあがり、心から不思議がっている顔つきでおれを見つめた。「あなたはわたしに殺されなかったのだから、しあわせではないか」

「馬鹿」おれはわめき散らした。「それが好意のしるしだとでもいうのか」

「落ち着きなさい。そこ、掛けなさい。ゆっくり説明するよ」ケララがおれに椅子を示し、自分も掛けた。

「マグ・マグでは挨拶《あいさつ》がわりに殴るのか」瘤《こぶ》を調べながら呻《うめ》くようにおれはそう訊《たず》ねた。

　ケララは眼を丸くした。「殴るなんてとんでもない。そんな挨拶がどこの世界にありますか。殴る痛いよ」ポケットから紙箱を出し、おれに突き出した。「煙草《たばこ》、吸うか」

「ほう、マグ・マグにも煙草があるのか」おれは手をのばした。「一本貰《もら》おう」

「もちろん、マグ・マグにも煙草はある」ケララは煙草をひっこめてしまった。

「しかし、わたしは吸わない」紙箱を破り、中に入っていた十本ほどの煙草を全部ばらばらに千切りほぐして屑籠《くずかご》に捨ててしまった。

あっけにとられていると、ケララはテーブルの上に散らばった煙草の屑をふっ、ふっと吹きはらいながら喋りはじめた。「常識と常識とぶつかるところに、新しい文明生まれるね。相反する習慣の交じりあいで新しい文化できる。それ、あなた認めるか」

よくわからぬなりに、おれはうなずいた。「そこまでは認めよう」

突然、ケララが泣きはじめた。「なぜ、そんなものを認める必要があるか」おれを見つめながら涙を流し、おろおろ声で彼は言った。「なぜあなたがそれを認める必要ありますか。わたしならともかく」

泣くとは思っていなかったので、おれはちょっとどぎまぎした。「悪いことを言ってしまったようだな」

ケララは立ちあがった。「いや。あなたはいいことを言ったのだ」涙を拭《ぬぐ》いながら彼は部屋の中を歩きまわり、さっきおれを殴りつけたあの棍棒を床から拾いあげた。

またやる気かと思っておれは腰を浮かせ、身構えた。

「あなたはとてもいい人だ」ケララはおれを見つめてそう言うと、棍棒を力まかせに自分の後頭部へ叩きつけ、ぶっ倒れた。

あわてて駈《か》け寄ると気を失っていた。こいつを理解するにはだいぶ時間がかかりそうだと思いながら、おれはケララを抱き起し、部屋の隅にあるベッドへ運んだ。

次に棍棒を拾いあげ、焼却炉を作動させて投げ込んだ。なんの為《ため》に持ちこんできた棍棒かは知らないが、まさかマグ・マグ人の生活必需品ではあるまい、百害あって一利なしと判断したのだ。

ケララを寝かせたベッドとは反対側の隅にあるベッドを自分用のものと勝手に決めてごろりと横たわり、おれはマグ・マグ人の基本的なものの考え方を、今までのケララの言動から想像してみようとした。しかし、もちろんそんなもの想像できるわけがなかった。混乱するばかりである。あきらめて起きあがると、いつの間にかケララも起きあがり、ベッドに腰かけてこちらを見ていた。

「腹、へった」とケララは言った。「あなた、飯、作れ」

夕食の時間ではあったが、いやに横柄《おうへい》な言いかたなので、おれにはこのケララが本当にマグ・マグの平均的常識人なのかどうか疑わしく思えはじめてきた。「いやだね。

それにおれは命令されるのも厭《いや》だ。お前作れ」

ケララは嬉《うれ》しそうににたにた笑いながら立ちあがり、おれの方へ近づいてきた。気持が悪い上に少し恐ろしくもあり、おれはまた身構えた。「最初はお前が作るんだ。な。次はおれが作る。交代で作ろう。な。そうすれば互いの食生活の違いがわかるだろう。いや。嗜好《しこう》の違いというべきかな。そうだろ。な」

な、な、と言い続けるおれの方へますます近寄ってきたケララは、今にもよだれを流しそうに口もとをゆるめ、嬉しげに両手をこすりあわせた。「本当に、飯、わたし、作っていいか」

「ああ。頼むよ」

いそいそとキッチン・ブースへ入って行くケララのうしろ姿を眼で追いながらおれはいささか不安になった。どんなものを作るつもりだろう。おれが食えないようなものを作るのではないだろうか。しかしまあ、さほど心配することはあるまい。もし万が一食えないようなものなら、おれが自分の分だけもう一度作りなおせばいいのだ。

ケララは鼻歌をうたいながら料理を作っていた。マグ・マグのポピュラー・ソングでもあるのだろう。変な曲である。YOU'D BE SO NICE TO COME HOME TOに似ていて、いささかバレた曲だ。

あいつ、いったい、マグ・マグではどんな仕事をしていたのだろう、とおれは思った。職業を訊けばあいつのものの考え方をつかむきっかけになるかもしれない。

キッチン・ブースの前まで行き、スクリーン越しに声をかけた。「あんたの商売はなんだね」

ケララは鼻歌をやめた。「わたしの商売かい。それは聞き洩《も》らした」

「なんだって」

「聞き洩らしたんだ」

「何を」

「あんたが今訊ねただろう。わたしの商売だよ」

どうも何か勘違いをしているらしい。

「じゃ、あんた、どの程度の学校教育を受けたんだね」とんでもない馬鹿ではないか、とおれは疑ったのだ。

「わたし、まずまずまずまともな教育を受けたね」

まずまずまともな答えが、はじめて返ってきた。

「専門は」

「専門かね。ずいぶん長かったよ。ちょうど区画整理があってね。みじめなものさ。

いやもう、二度とあんなおこぼれにはありつけないだろうよ。あんたやわたし以外にはね。しかしまあ、それがいわゆる、専門の、専門らしいところだろうけどね。あははは」

何が何やらさっぱりわからない。

会話をあきらめ、部屋の中央に戻り、テーブルについて待つうち、ケララがにたにた笑いながら料理の皿をふたつ持ってキッチン・ブースからあらわれた。「でけた」

「肉じゃないか」テーブルに置かれた皿をのぞきこみ、おれは眼を丸くした。「この基地に来て以来肉なんてものにはとんとお目にかかっていない。マグ・マグから持ってきた肉だな」

「マグ・マグ人、肉が好きだよ。自分以上に好きだ。なぜかというと自分も肉だからだ」ケララはナイフやフォークを並べた。すべて地球製のものとよく似ているが材質は金属ではなさそうだった。「だから利害関係のある者と一緒に肉食わないね」

「それはまた、どういう意味だい」

「あなたとなら、わたし肉食うという意味だよ。さあ食べるね」柔らかそうな肉のひと切れを、ケララは口に抛《ほう》りこんだ。

それを見て安心し、おれもたっぷりと白っぽいソースのかかった肉をひと切れ切り、口に入れようとした。

その時、ケララが立ちあがり、眼を輝かせてにたにた笑いながらテーブルを迂回《うかい》し、おれの傍《そば》へ走り寄ってくると耳もとで吠《ほ》えるように叫んだ。「その肉食う。あなたの命それ限りね。わたしその料理に毒入れたよ」

しばらく茫然《ぼうぜん》としていたおれは、ケララのことばの意味を理解し終えるなりナイフとフォークをテーブルに叩きつけて立ちあがった。「くそ。おれを殺そうとしたな」

「なぜ怒る」ケララは驚いた様子で眼を丸くし、おれを見つめた。「殺す気なんかじゃなかったことはわかるだろう。毒が入っていることを教えたんだから」

おれはケララの胸ぐらをつかんだ。「料理に毒を入れた。それは認めるな」

ケララはおれの手を振りはらい、ヒステリックに叫んだ。「なぜわたしがそんなこと認めなければならない。あなたならともかくとして」泣きはじめた。「ひどい誤解だ」

「どう誤解したっていうんだ」おれはわめいた。「これじゃおちおち飯も食えない。いつ殺されるかわからん」

ケララは泣きやんでおれを不安そうに見た。「そうなのかい」

「何がそうなのかいだ。おれはお前のことを言ってるんだぞ。お前はおれに毒入りの料理を食わせようとした」

　ケララは嬉しげに両手をこすりあわせた。「そうそう。そしてそれをあなたに教えてあげた」

「だから感謝しろとでもいうのか。馬鹿《ばか》な」あきれ果て、おれはまた椅子《いす》に腰をかけた。「なぜそんなことを。だいいち料理が無駄じゃないか」

「ちっとも無駄ではないよ。料理を作らなければわたしそれに毒入れられない」

「あ」おれはのけぞった。「おれに、毒が入っていることを教えるためにこの料理に毒を入れ、毒を入れるためにこの料理を作ったと、そう言うのか」

　ケララはおどりあがった。「ついにあなた、わたしを理解した」おれの両手を握り、ぴょんぴょん跳んだ。「わたしたち友達。わたしたち友達」

　おれもなかばつりこまれて立ちあがり、やけくそになって一緒に跳んだ。「おれたち友達」

「わたしたち友達」

　馬鹿ばかしくなっておれは跳ぶのをやめ、ケララの手をはなした。「ちょっと待てよ。まだおかしいところがあるんだ」

　ケララもうなずき、考えこんだ。「そう。あなた、まだちょっとおかしい」

「何言やがる。おかしいのはそっちなんだ」気が狂いそうになってきたのでおれは自分のベッドに戻り、横たわって頭をかかえこんだ。

ケララが傍へやってきて、おれを覗《のぞ》きこんだ。「どうかしたのか」

「頭が痛い」

「そうか」ケララはうなずいた。「わたしは痛くない」また鼻うたでさっきの曲を歌いながら、彼は部屋を歩きまわりはじめた。

むかむかと腹を立てながらケララを横眼でうかがうと、彼は何かを捜している様子で床の上を見まわしながらうろうろしていた。

「あの棍棒《こんぼう》なら、焼却炉に投げこんだぜ」

ケララはおれを見て、首を傾《かし》げた。「棍棒って、カレブラッティのことかい」

「あれはカレブラッティって言うのか」おれは少し不安になった。「あれはマグ・マグ人の生活必需品だったのかい」

「そうだよ」

「そいつは悪いことをしたな。燃やしちまった」

だが、ケララは平然としていた。

おれは訊ねた。「あれは、何に使う道具だったんだね」

「頭を殴る道具だよ」

おれはあきれた。「では、生活必需品なんかじゃ、ないじゃないか」

ケララは床に眼を落し、呟《つぶや》くように言った。「でも、まだ毒薬があるから」

おれはとびあがった。「まだ何かに毒を入れる気か」ケララに近づき、おれは手をさし出して唸《うな》るように言った。「さあ。毒薬を渡せ」

ケララはじっとおれを見つめていたが、やがて悲しげにかぶりを振った。「駄目だ。あれだけは渡せない。地球人は毒を手に入れるなりすぐ服《の》んでしまうと聞いている。渡したりしたら大変だ」

「何を言ってるんだ。自分で毒を服んだりはしないよ」

ケララは、今度は決然としてかぶりを振った。「むろん最初はそう言うだろうがね。しかし渡せない。わたしが管理するよ」

おれはさし出していた手をおろし、ケララを睨《にら》みつけた。「管理が聞いてあきれるぜ。また料理に入れるつもりだろう」おれもかぶりを振った。「そうはさせない。おれは今後、自分の料理を自分で作る」おれは急に空腹を覚え、キッチン・ブースへ歩きはじめた。「やれやれ。もう一度作りなおしか」

その時、きえええええええっという悲鳴とも怒号ともつかぬ奇妙な叫び声をあげてケララがおれの背後へ駈け寄ってきた。驚いて振り返ったおれの胸板に、ケララが勢いよくとび蹴《げ》りをかけてきた。おれはぶっ倒れた。

「あなた、二度と料理を作るなど言ってはいけない」激しい怒りに頬を引攣《ひきつ》らせながら、ケララは倒れているおれの横にしゃがみこんで胸ぐらをつかみ、強く揺さぶった。「あなた、なんという不謹慎なこと言うか。今夜の料理、あの毒の入った食えない料理よ」

おれは怒鳴り返した。「だから食える料理を作るんだ」

ケララがわめいた。「何度言ったらあなたわかるか。あなた料理する。わたしの作った料理、無駄になるよ。わたし、なんの為にあの料理、毒入れた思うか。明日の朝の料理まで、あなた待ちなさい」

「待てないよ」ケララの手を振りほどいて立ちあがった。「おれは腹が減ってるんだ」

「だが、わたしは減ってない」

おれは、どんと床を踏み鳴らした。「おれは料理を作るぞ」

キッチン・ブースへ行こうとするおれの前に立ちふさがり、怒りに唇を顫《ふる》わせてケララはポケットから小型の光線銃らしいものを出した。

「銃を出したな」おれは立ちすくんだ。

「そうか。これ、銃のように見えるか」ケララはうなずいた。「なるほど誰が見てもこれは銃に見える。おそらくあなたにもこれが銃のように見えるだろう。しかし、だまされてはいけない。実はこれは銃だ」

「ふざけるな」おれは吠えた。「おれに飯を食わさぬつもりか」

「わたしがどんなつもりでいるかはどうでもいいことではないか。問題はあなただ」

「そうとも問題はおれだ。おれは腹が減っている」

「わたしは減っていない」

おれは議論をあきらめ、ふらふらと自分のベッドに戻り、崩れるように腰をおろした。どうやら明日の朝まで空腹に耐えなければならぬようだ。どうしても耐えられなくなれば、この気の狂ったマグ・マグ人が寝ているうちに起き出して、こっそり何か作って食えばいい、とおれは考えた。

ケララはテーブルにつき、じっとおれを見つめた。「あなた寝ないのか」

何をされるかわかったものではないから、おちおちと寝てもいられない。「お前が寝たらおれも寝る。寝ないのなら寝ない」

「では、どちらもするな」と、ケララは言った。「わたしこれから、この料理食べる」

毒の入っていない、自分用の料理を食べはじめた。

むしゃくしゃし、おれは腹立ち半分に厭味を言った。「腹が減ってないんじゃなかったのか」

「空腹時には食べないことにしている」ケララは食べ続けた。

ケララに背を向け、ドームの壁に鼻をつきつけて考えごとをしようとしたが、空腹の為《ため》かだんだんうすら寒くなってきたので、おれはまた起きあがり、毛布を捜して荷物をほどいた。だが、地球側からの荷物の中に毛布はなかった。

「毛布はないか」と、おれはケララに訊《たず》ねた。

「どっちの毛布だ」ケララが言った。「寝るための毛布か。起きるための毛布か」

真顔で訊ね返しているので、冗談を言っているのではないと思い、おれは説明した。

「地球の毛布は両方兼用だ」

「ああ。それなら」ケララはうなずいた。「どちらもない」

ないのなら訊《き》き返すな、と言い返してやりたかったが、口論したらまた混乱するだけだ。室温は地球人にやや低く、マグ・マグ人にはやや高くドーム外で調節されているので、おれはありあわせの服を二着ほど着こんでまた横になった。

ものを考えるのが苦手なおれだが、そのおれに難題が押しつけられた。ケララに代表されるマグ・マグ人のものの考えかたの原理をつきとめよという難題である。冗談ではないのだ。ものを考えるのが苦手な人間に異星人のものの考えかたなどわかるわけはない。それでも考えなければならぬ立場に追いこまれてしまった。しかたなく、おれは考えはじめた。

ケララはおれをぶん殴ったり、おれの料理に毒を入れたり、まかり間違えば死ぬようなことばかり仕掛けてくるが、これはもしかするとマグ・マグ人というのが死を弄《もてあそ》ぶことに喜びを感じる種族だからではないだろうか。そういう二元論が本当に成立するのかどうかは知らないが、たとえば地球人にだってエロスとタナトスという二大衝動があるというではないか。それによれば生への衝動は愛だの食欲だので大っぴらに表面にあらわれるが、死への衝動というのは無意識内に閉じこめられ、滅多に噴出することがないそうだ。マグ・マグ人はこれがあべこべで、相手が自分の死への衝動を触発させてくれることを喜ぶ傾向があり、したがって逆に今にも殺しそうなことをして見せるのが相手に対する礼儀であり、相手を喜ばせる最良の方法ということになっているのではあるまいか。

どう考えてもそれ以外にケララの行動を解釈できる理屈は見出《みいだ》せなかった。それが正しいか間違っているかを試みる方法はひとつだけある。ケララを殺そうとして見ればいいのだ。

眠ったふりをしてゆっくりと寝返りをうち、うす眼をあけて見るとケララは食事を終えて食器をキッチン・ブースへ運んでいた。何か兇器《きょうき》はないかと考え、キッチン・ブースにある包丁以外何もないという結論に達した。相手は光線銃らしき銃を持っている。下手に襲えば逆襲されて射たれてしまうだろう。ケララが銃を入れた上着を脱いでベッドに入るまで待ち、寝こみを襲わなければならない。

二時間後、おれはケララの寝息を確かめてから起きあがり、キッチン・ブースへ入っていって包丁を手にとった。常夜灯だけのうす暗い部屋に戻るとケララは暑いためか上半身裸になり、自分のベッドで仰《あおむ》向けに寝ていた。

「いやあごう」包丁を逆手に持って振りかざし、おれはわけのわからぬことをわめきながらケララのベッドへ突進した。

眼を醒《さ》ましたケララは寝ぼけ眼《まなこ》でおれを見てさすがに驚いたらしく、ふにゃと叫んでベッドから転がり落ちた。わざとひと呼吸遅らせ、おれはベッドの上へ深ぶかと包丁を突き立てた。

上着のポケットから銃をとり出そうとして焦《あせ》りながら、ケララは悲鳴まじりに叫んだ。「あなたなぜわたし殺すか」

「びっくりしたかい」おれはにやにや笑いながらうなずきかけた。「嘘《うそ》だよ。本当に殺す気なんかなかったんだ」

　室内灯を明るくしてから、ケララはつくづく不思議だという表情でおれの前に歩み寄り、おれの顔を覗きこんだ。

「あなた、なぜそんな馬鹿げたことするか」手に銃を握っていた。

おれはちょっとおろおろした。「だって、殺されかけるのが好きなんだろう」

ケララは哀れみをこめておれの顔を見まわした。「殺されかけることが好きだなんてやつはいないよ。あなた、そんなやつがいると思うか」

おれは口を尖《とが》らせた。「しかし、あんただっておれを二度も殺しかけたじゃないか」

「そうだよ。でもわたし今、あなたがなぜこんなことやったか訊いている」

「だからそれはその」おれはどぎまぎした。「あんたがやったのと同じ理由だ」

「あなた、わたしがやった理由、知っているのか」

「いや。それはまあ、想像しただけだが」

「あなた胡麻化《ごまか》している」銃口をあげた。怒りで唇を顫わせていた。「どんな想像したか言えないだろう」

「ま、待ってくれ。言う。言う」おれはへどもどし、気を落ちつかせるため椅子《いす》に掛けた。

ケララも銃口をこちらに向けたまま、机をはさんでおれと向きあった。

おれは説明しようとした。「どう言っていいかわからないんだが」

「だったら黙れ」

「ま、ま、待ってくれ。話しかたを考えているんだ。つまりこうだ。おれはあんたたちの精神構造を考えた」

「精神構造は考えるものではない。精神構造が考えを生み出すのだ」

「あんたがたの心理を想像した」

「嘘だ」ケララは叫んだ。「本人が前にいるのだから訊けばよい筈《はず》だ。できることなぜしない」

「訊いてもわからないと思って想像した。頼むから最後まで黙って聞いてくれ。どう想像したかというと、つまり人間にはエロスとタナトスへ向かう相反する衝動が」約一時間、おれは汗びっしょりになって自分の考えたことを彼に説明した。「これでわかっただろう」

「わかった。あなたが何を喋《しゃべ》っているか以外は」

大声で泣き叫ぼうとしておれは大きく口をあけた。だが、最初の遠吠《とおぼ》えが咽喉《のど》を通過するより早く、ケララの持った銃の先から赤い線が射出され、それはおれの口の中へとびこんだ。

ケララがにやりとした。「マグ・マグでいちばん強烈な香辛料だ」転がりながらキッチン・ブースへ行き、水を三リットル飲み、まだげえげえ言いながらおれは部屋にとって返した。「今度こそ承知しない。貴様を一度だけ殴る」笑顔を消し、ケララはまた首を傾げた。「あなた、わたしが何か悪いこととするたびに必ず怒る。どうしてだ」

おれは唖然《あぜん》とした。「悪いこととわかっていながらやっているのか」

当然、と言いたげにケララは頷《うなず》いた。「そうだよ。この絶壁辛子油《からし》を飲ませる。誰でも死にかける。これ悪いことだよ、わたしが良いことと悪いこと区別できないとでも、あなた思うか」

「悪いことと知りながらなぜやる」

「人間が悪いことする時、たいてい悪いことと知っていてやるよ」

おれはわめいた。「そんなこと訊いてはいない」

「では何を訊くか。なんでも訊きなさい。あなたの知らないことなんでも答えてあげるよ」

おれは床にべったりと膝《ひざ》をついた。「おれにはなんにもわからない」涙が出てきた。

「もう、まったく、なんにもわからない。おれは馬鹿《ばか》なんだ」わあわあ泣いた。「あんたたちのことが、ひとつも理解できない」

「それならひとつだけ理解できたのではないか」ケララもおれの前に膝をついた。「わたしたちのことが理解できないことを理解したのはたいしたものだよ」

「ありがとう。ありがとう」

泣きわめくおれをケララは立たせ、腕をとってベッドへ導いた。「心配はいらない。われわれは結構うまくやっていけるよ。最初の数世代は他愛《たわい》ない喧嘩《けんか》ばかりしていてどちらかが滅亡するかもしれないけど、なに、そういうこと、よくあることよ」

くたくたに疲れていたので、おれはすぐ眠ってしまった。

翌朝早く、おれは空腹に責め苛《さいな》まれて眼醒めた。昨日からのおれに対するケララの影響力はたいしたもので、おれの頭には空腹感で腹がいっぱいなどというケララ式の変な表現が浮かんだ。ケララはまだ寝ていた。ふらふらしながらキッチン・ブースに入り、おれはスープ、トースト、コーヒーという簡単な朝食を作った。

食器を盆にのせて部屋に戻ると、ケララが自分のベッドに腰かけて何ごとか考えこんでいた。

「もう起きたのか」おれは声をかけた。「そこで何をしている」

「わたしここで、いつものように困っている」

「力を貸すぜ」トーストにかぶりつきながらおれは言った。

突然、ケララはおれを睨《にら》みつけた。「あなた、悪いやつとつきあっているな。そいつと手を切るなら、むしろわたしがあなたに手を貸してあげてもいい」

おれは眼を白黒させた。「悪いやつって誰だ」

「あなた自身だ」ケララはおれに駈《か》け寄ってきて耳もとで叫んだ。「あなたわたしのものを盗んだ」

コーヒーにむせ、おれは咳《せ》きこんだ。「何を盗んだっていうんだ」

ケララはコーヒーの香りに鼻をひくひくさせた。「嗜好品《しこうひん》だな。これはものを盗みたくなる嗜好品の匂《にお》いだ」

「そんな嗜好品など地球にはない。これはコーヒーっていうんだ」おれは立ちあがった。「ひとを泥棒扱いするのはよせ」

「あなたが泥棒か泥棒でないか、調べるのに手を貸してあげるよ。まず第一にわたしが何を盗まれたかわかるか」

「知るもんか」

「それがあやしい。あなた、わたしの盗まれたものの値打ちを知ろうとしているな」

馬鹿ばかしくなり、おれはまた食事を続けた。「疑うならおれの荷物をひっくり返して調べたらどうだ」

「ないに決まっている」ケララはおれと向きあってテーブルにつき、おれを見つめた。「わたし昨夜夢を見たが、それはわたしの見るべき夢ではなかった。わたし、自分の夢見られなかった」

おれはケララを見つめ返した。「盗まれたものというのは夢か」

「あなたが自分の夢ととりかえた」

「そんなことできるものか」おれは吐き捨てるように言った。「寝ごとをいうな」

「それならあなた、昨夜どんな夢見たか」

「変な女の夢を見たな」

「その女が盗んだのかもしれない」ケララは言った。「その女、どっちへ行った」

「どっちへ行ったか、そんなこと知りたくもないよ」おれはわめいた。「あのての女はおれの好みじゃない」

「わたし、あなたの過去の女の遍歴話せと言っているのではない」

「誰が話すと言った。いったいあんたは何が知りたいんだ」

「それを聞いてどうする」

「知るもんか」

「知らないこと訊きなさい。なんでも教えてあげるよ」

わお、と叫んでおれは立ちあがった。いくら種族が違うとはいえヒューマノイド型知的生命体同士の会話がここまで食い違える筈はない。これは故意の食い違いだ。おれはそう確信した。

「どっきりカメラに違いない」おれは隠しカメラを捜してまわった。「これはおれを笑いものにしようとして、みんなが共謀《ぐる》になってひと芝居打っているのだ。局長も共謀《ぐる》だ。あんただってマグ・マグ人じゃあるまい。あまり売れていない地球人の役者だ。眼球に赤いコンタクト・レンズをはめているんだ。今ごろ地球じゃ、テレビでおれを見て笑いものにしているんだ」

茫然《ぼうぜん》とおれを見つめていたケララが首を傾《かし》げて訊ねた。「あなた、何を捜しているか」

「隠しカメラだ」そう答えてから、おれはケララを振り返った。「そうか。隠しカメラなど捜さなくても、貴様の赤い目玉が本当かどうかを確かめればいいんだ」懐中電灯を出し、おれはケララに近づいた。

「何するか」

「じっとしていろ」おれはケララの眼球に明りをあてて観察した。

赤い瞳《ひとみ》は本ものだった。おれは唸《うな》った。「アルビノの役者か」

「どっきりカメラとは何か」と、ケララが訊《たず》ねた。どう見ても演技とは思えなかった。

考えてみればあの真面目《まじめ》な局長がそんなふざけたテレビ番組などにひと役買う筈がない。おれはしかたなくケララにどっきりカメラの説明をした。「と、まあ。そういう具合にして人をだまし、驚くのを見て面白がるテレビ番組だ。たとえばレストランに入る。食事をする場所だ。そこでたとえばステーキを注文する。焼肉だ。ところが給仕はヤキソバを持ってくる。これではないというと今度はカレーライスを持ってくる」

ケララはじっとおれを見ながら訊ねた。「それの、どこが面白い」

「だって、注文したのではない料理ばかりが出てくるんだぜ」

「それは当然だ」と、ケララは言った。「わたしが給仕であってもそうするよ」

おれは訊ね返した。「マグ・マグの食堂では、注文したのではない料理が出てくるのか」

「今は地球の食堂の話をしているんだろう」

「いやいや。地球のテレビ番組の話をしているんだ。たとえばマグ・マグにだってテレビに相当するものはある筈だ。そのテレビに食堂が出てくることだってあるだろう」

「それはもはや映像化されていて、本当の食堂ではない」

「そりゃそうだ。しかし」

「そこで何が起ろうと驚くべきではない。なぜならそれは映像だからだ。映像を見てたとえ驚いてもそれは本当の驚きではない。驚かせようという意図にしたがって驚く驚きは本当の驚きではないし、人生の大部分の驚きはそういう驚きなので、むしろそういう場合は驚くべきではなく困らなければならない。なぜ困るかというと人生のほとんどがそうした驚きでない驚きによって困らされているからだ。そう考えてみると人生は困りもので、われわれが困りの人生行動と呼んでいるその困り困りが、たまま人生の目的の困り困り困りに一致していることになる」

非常に本質的なことを喋り出したと思うものだからけんめいに聞いているうちにまたわけがわからなくなり、おれはあわててケララを遮《さえぎ》った。「飛躍があるぞ」

ケララはかぶりを振った。「飛躍していない。困りが困り困りになり、困り困り困りになるのだから、順を追って話している。むしろ飛躍というのは、飛躍がある、とか、冗談ではない、とか、無意味だ、とか、そういったことばの中にこそある」ケラララは突然立ちあがり、真紅の眼球がとび出しそうなほど眼を剝《む》いて怒鳴った。「あなた、なぜ飛躍したことばでわたしの話を中断させたか」

おれはあわてて詫《わ》びた。「すまなかった。じゃ、黙って聞くよ」

「いや。別に黙って聞かなくていい。わたしだって黙っては喋れない」ケララはしばらく黙ったままおれを見つめた。「聞こえるか」

おれはとびあがった。「何も聞こえない」

「そうだろうな。まだ何も喋っていない」

おれは汗を拭《ぬぐ》った。「道理で何も聞こえなかった筈だ」

ケララは溜息《ためいき》をつき、あたりを歩きまわった。「やっぱりそうか。そう思ったからわたしも喋らなかったのだ」

おれは思わず悲鳴まじりの声で叫んだ。「あと一週間、こんな馬鹿げたことを続けるつもりか」

そして気が狂いそうな一週間が過ぎた。発狂しなかったのが奇蹟《きせき》といってもいい一週間だった。ケララの言動はすべてにわたって常軌を逸していて、だが完全に常軌を逸しているかというと必ずしもそうとは言えず、変におれの知性に訴えかけてくるかと思うと時には文学的になったりもし、また、あまり驚かされてばかりいるのが癪《しゃく》なのでたまにはおれの方から非常識な振舞いに出たりするとそういう時に限って極めて常識的になり、なぜそんな馬鹿げたことをするのかと訊ね返してこちらを自己嫌悪《けんお》に陥らせたりするのだった。殴りあい寸前になったこと十七回、ケララが自殺しかけたこと四回、おれが泣きわめいたこと二十六回、最後の二、三日などは双方とも情動失禁に近い状態となり、泣いたり笑ったりの連続だった。

最終日、迎えに来た船でケララがマグ・マグに戻ったあと、おれもサンチョの運転する気密車で基地内の居住ドームに戻り、首尾を局長に報告する元気もなくまっすぐ自分の部屋に行ってベッドに倒れ伏した。

翌日、局長から呼び出され、おれはしかたなく報告に出向いた。

「なぜ、すぐ報告に来なかった」局長が不機嫌そうにそっぽを向いたまま訊ねた。

「どう報告してよいかわかりませんでしたので」と、おれは答えた。「考える時間が必要だったのです」

「お前がしなければならんのは報告であって、考えることではなかった」と、局長は言った。「お前が眠っている間に、マグ・マグと地球の間には国交を開始する約束ができてしまったぞ」

あっ、と、おれはのけぞった。「わたしの報告も待たずにですか」

「マグ・マグ代表からの報告だけで充分だろうと地球側が判断したためだ」

どんな騒ぎが起るかを考えておれはぞっとした。「ケララは、いや、マグ・マグ代表はどのような報告をしたのです」

「地球人はまことに交際しやすい善良な種族だ。常識もあり、時には知的でもあり、しかも情緒的には安定している。われわれとは必ずやうまくやっていくことができるであろう」

「そんなことを言ったのですか」おれは呻《うめ》いた。「地球ではそれを信じたわけですね」

「信じぬ理由は何もない」局長はおれを睨《にら》んだ。「たとえお前が正反対の報告をしていたって、わたしはお前よりもマグ・マグ人を信じただろうよ」

「どうなっても知りませんよ」おれはむかっ腹を立てた。「そうですか。ま、異星人崇拝という悪い傾向にひや水をぶっかけることになって、かえっていいかもしれません。も、えらい騒ぎになるに決まってるんですもんね。も、わたし知りませんからね。そうだ。おれだけがあんな目にあったんじゃ不公平だ。地球の奴《やつ》ら、みんな半狂乱になればいいんだ。発狂しちまえばいいんだ。わし、知らんもんね。け。けけ。けけけ。けけけけけけけ」

「気を静めんか。部屋に戻れ」と、局長が叫んだ。「落ちついてからでいいから報告書を書くんだ。業務なんだからていねいに書くんだぞ」

「はい。それはもう、ね」おれは出来得る限りの皮肉をこめて答えた。「一言一句をそのまま、ちょっとした仕草の端ばしまで、詳細に書きますよ。ええ。忘れようったって忘れられるようなもんじゃないんだから。もう」

自分の部屋で音声タイプに向かって五日め、タイプ用紙は三百枚を突破していた。書かねばならぬことはまだ百枚分もあった。

局長がとびこんできた。「なぜすぐ報告に来なかった」

顔色が変っていた。おいでなすったなと思い、おれは内心ほくそ笑んだ。地球から何か言ってきたに違いなかった。

「以前わたしが、どう報告したらいいかわからなかったと言った理由がやっとおわかりになったようですな。地球からなんと言ってきましたか」

局長はおれの部屋を歩きまわりながら喋《しゃべ》りはじめた。「えらい騒ぎになっている。マグ・マグの代表団が地球へやってきた。代表団長が議会で演説をやった。議員の中から四人の発狂者が出た。代表団長は演説を終えるなり壇上で服毒自殺した。代表団員約三百名があちこちで滅茶苦茶《めちゃくちゃ》をやりはじめた。小学校へ行って教壇へ立たせろと言い、支離滅裂な授業をして子供を半狂乱にしてしまうわ、ホテルの窓からベッドを落し、飛ばないといってフロントへねじこむわ、レストランで一万匹の蠅《はえ》をとばすわ、美術館の中で焚火《たきび》はするわ、往来で寝るわ、動物園のけもの全員にLSDを服《の》ませるわ、宝石店をまるごと買って金を払わないわ、列車に乗せれば走行中に客車のど真ん中を前後に切断するわ、女性の尻《しり》に辣油《ラーユ》を注射してまわるわ、プールの中にミズヘビをうようよさせるわ、カーテンは燃やすわ皿は投げるわ、犬は殺すわ金は撒《ま》くわ、おまけにこのマグ・マグ人の言動に感化されて地球の若い連中までが面白がって滅茶苦茶を真似《まね》しはじめて、上を下への大混乱だ。マグ・マグ人の出たらめさをお前がすぐ報告に来ていればこんなことにはならなかったんだぞ。どうする気だ」

「でも、報告を待たずに勝手に国交を開始したのは地球なんだから、局長にはなんの責任もないんじゃありませんか。それとも局長は地球に、わたしの報告などなんの役にも立たんとでもおっしゃったんですか」

局長はことばに詰まり、じろりとおれを横眼で睨んで鼻を鳴らした。「まあいい。とにかくその報告書を早く仕上げてしまえ。基地の仕事が山ほどある」

局長がぷりぷりして部屋を出て行き、おれはまた報告書にとりかかった。

結局おれの書いた報告書は、地球本土に届けられはしたものの事態解決のなんの役にも立たなかった。ただ、どういうルートで流れ出たものか報告書の写しが外部の人間の手に入り、これがたまたまマグ・マグ語に翻訳されてしまった。さらにこれはマグ・マグ本土で単行本になり、マグ・マグ人の間で評判になってベスト・セラーにまでなったという。どういう意味かよくわからないが「人間がよく描けて」いたのだそうである。

たちまち「なごやか」になれる人たちが
怖いという絶望に

［エッセイ棚］

車中のバナナ

山田太一

とても短いエッセイです。

ここに描かれているやりとりに、何も感じない人もいるかもしれません。

「なぜバナナを食べないんだ!」と、怒りを感じる人もいるかもしれません。

しかし、「ああっ、まさにこれだ!」と感動する人たちもいるでしょう。

「これこそ、自分が苦しんできたことだ!」と。

山田太一(やまだ・たいち)

1934年、東京生まれ。脚本家、小説家。松竹で映画の助監督を務め、60年代前半からテレビドラマの世界に。『それぞれの秋』『男たちの旅路』『高原へいらっしゃい』『岸辺のアルバム』『想い出づくり』『早春スケッチブック』『ふぞろいの林檎たち』など、それまでになかったテレビドラマを生み出す。小説『異人たちとの夏』で山本周五郎賞、エッセイ集『月日の残像』で小林秀雄賞を受賞。舞台脚本に「日本の面影」など。

初夏に伊豆に用事で出掛け、鈍行で帰って来たことがある。わざと鈍行を選んだ。帰ればまたあくせくしなければならず、三時間ばかりの電車の中だけ、のんびりしようと思ったのである。ところが案外その電車が込んで来て、立っている人はいないが、私の横も前も人が座った。

斜め前の席が四十代後半の男で、熱海で乗って来て、座るなり「ああまいった。今日はえらい目にあった」と誰にともなくいい、目を合せた私の横の娘さんが忽《たちま》ちつかまり、「いや今朝がた湯河原でね」とまいった話をはじめ、娘さんも結構聞いてあげている。

そのうち隣の（つまり私の前の席の）老人にも話しかけ、私にも「何処《どこ》までですか？」という。「川崎です」とこたえると「私も武蔵小杉に二年ばかり住んでたことがあってね」と話がつきない。いやらしくはない。気の好い人柄に見える。

ところがやがて、バナナをカバンからとり出し、お食べなさいよ、と一本ずつさし出したのである。娘さんも老人も受けとったが、私は断った。「遠慮することないじ

「遠慮じゃない。欲しくないから」

「まあ、ここへおくから、お食べなさいって」と窓際へ一本バナナを置いた。

それからが大変である。食べはじめた老人に「おいしいでしょう?」という。「ええ」。娘さんにもいう。「ええ」「ほら、おいしいんだから、あんたも食べなさいって」と妙にしつこいのだ。暫く雑談をしている。老人も娘さんも食べ終る。「どうして食べないのかなあ」とまた私にいう。

老人が私を非難しはじめる。「いただきなさいよ。旅は道連れというじゃないの。せっかくなごやかに話していたのに、あんたいけないよ」という。

たしかに大人気ないのかもしれない。私の態度が悪い、という人も少なくないだろう。


しかし、見知らぬ人から食べものをすすめられて食べるという神経には、どこか他人というものをたかをくくっているところがある、と思う。別にバナナに毒が入っているというのではない。無論そういう場合もないとはいえない。しかし、その時のバナナに毒が入っている可能性は少ないだろう。だから、毒の心配をしたのではないのだが、そんなに気軽に食べるものを貰っていいのだろうか、という思いが、どうしてもある。

よく知らない人の前でものを食べることがはずかしい、というような、四十男にあるまじき差恥心《しゆうちしん》もある。人のその種の好意はなるべく受けたくない（いってみれば恩を着たくない）というケチな偏屈《へんくつ》もある。

だから貰って食べた人を非難する気はないが、忽《たちま》ち「なごやかになれる」人々がなんだか怖いのである。「同じ隣組じゃないの。我を張らないでさあ」などという戦争中の近所のおばさんの好意溢《あふ》るる圧力を思い出してしまうせいかもしれない。

第二閲覧室

「運命が受け入れられない」

起きてほしくないことが
起きるのを止められない絶望に

［ミステリー棚（サスペンス）］

瞳《ひとみ》の奥の殺人

ウィリアム・アイリッシュ

［品川亮 新訳］

「起きてほしくないことが起きそうなのに、自分にはそれをどうすることもできない」というときに、人は最も絶望するという説があります。

この物語の主人公ほど、「これだけは起きてほしくない！」と強く願い、「それなのに、どうしようもない……」というもどかしさを感じている人はいないでしょう。

これほど絶望的な状況はないという究極です。

ウィリアム・アイリッシュ

1903－1968　ニューヨークのミステリー作家。論理的な本格推理ではなく、斬新な設定、スリリングな展開、リリカルな文体から〝サスペンスの詩人〟とも呼ばれる。家を持たず、母親といっしょにホテルで暮らしていた。『幻の女』『暁の死線』『夜は千の目をもつ』などの長編の他、魅力的な短編が多数ある。短編『裏窓』はヒッチコックによって映画化された。長編『黒衣の花嫁』はトリュフォーによって映画化されている。

その家は、郊外によくある居心地のよい二階建てだった。隣家とはほどよい隔たりがあって、プライバシーを侵されるほど近くもなければ、さみしくなるほど離れてもいない。木や生け垣の隙間《すきま》から互いの家がちらちら見えはしたものの、丸見えではなかった。

裏にも表にもポーチがあって、どちらの柱にもツルバラがはわせてある。

その日の昼下がり、ジャネット・ミラー夫人は、裏のポーチで椅子に座っていた。午後には西日の射し込む裏のポーチに、午前中は東に向いた表のポーチに座るのが習慣だった。彼女の人生が極端に制限されたものになったのは、もうだいぶ昔のことだ。日射しのあたたかさ、青い空、息子のヴァーン・ミラーの声、それが彼女の人生のすべてだった。なにもかも取り上げられてしまったが、それさえあればよかった。

満ち足りて、ほとんどしあわせな気持ちの彼女は、ゴムタイヤのついた車椅子に座っていた。足と膝《ひざ》は、毛布できちんと覆《おお》われている。太陽のあたたかさが感じられたし、ポーチの柱越しに青い空が見えた。もうすこししたらあの声も聞こえてくる。それが楽しみだった。

彼女は六十歳になる。ピンク色の頬、皺《しわ》のない顔、それに陶器のように青く人の良い眼。頭から足の先まで完全に麻痺していて、回復の見込みはなかった。もう十年になる。

床の上を歩いて二階に上がり下りしたり、両手で髪の毛をなおしたり顔を洗ったり食事をしたり、あるいは頭に浮かんだことをそのまま口に出して人に伝えたりしていたのは、もう大昔のことだ。前世のことのように感じられる。そのことを嘆いたりしないように、心を鬼にして厳しく自分を律してきた。

それがどれほどたいへんなことだったのか、傍目《はため》にはわからないだろう。ひとりぼっちで、煉獄《れんごく》を行くような苦行をつづけてきたのだ。でもそれも過去のことだ。彼女は勝利をおさめた。残されたものさえあれば生きていける。どれほど無慈悲な悪魔でも、それを彼女から取り上げるほど残酷なことはしないだろう。太陽、空、ヴァーンの声。すべてをあきらめ、受け入れ、今あるもので満足する。それが彼女のたどりついた境地だった。こうして彼女は身動きひとつすることなく、傾きかけた陽の光の中、柱にからみつくツルバラの蔭に座っていた。それが彼女のしあわせだった。

家の反対側のほうでベルが鳴った。二階から下りてくるヴァーンの妻、ヴェラの足音が聞こえた。待ち構えていたように急ぎ足だった。ということはお客さんなのだ。物売りではなく。

ミラー夫人は、玄関の扉が開き、すぐまた閉じる音を聞いた。ところが、ぺちゃくちゃと女性どうしが挨拶を交わす声が聞こえてこない。そのかわりに男の声がした。注意深く抑えられた声だ。しかし、全身麻痺になって以来鋭敏になった夫人の耳には、聞き取れた。

「ひとりか？」

そしてヴェラの声が答える。「ええ。入ってくるところ、誰かに見られなかった？」

あのハスキーで用心深い声は、ヴァーンじゃない。こんなに早いはずがない。あの子が帰ってくるまで、まだあと一時間以上はあるはず。友人のひとりかと記憶を探ってみた。息子の友だちは全員知っているのだ。だが、あてはまる人物はいなかった。こんな時間に友人が訪ねてきたこともない。ヴァーン同様、みんな街で忙しくしているころだ。

まあ、すぐにわかるでしょう。ヴァーンの友だちなら、真っ先に彼女のところにやってくる。手にはたいていケーキとか、なにかおいしいものを持って。そのうち、ヴェラがこちらに案内してくれるでしょう。それとも、車椅子を押してあちらに連れて行ってくれるかもしれない。お客さんたちといっしょにいるのは好きだった。三つの大切なものには含まれていないが、自分へのちょっとしたご褒美のようなものだった。ところが、家の中心にあるホールを通り抜けてこちら側にやってくるかわりに、二人は居間に入っていった。扉を閉める音がして、その後はなにも聞こえなくなった。わけがわからなかった。お客さんがいるとき、ヴェラがあんな風に扉を閉めることはいままで一度もなかったのだ。うっかり閉めただけで、何の意味もないのかもしれない。それとも、なにかサプライズを企んでいるのか。夫人かヴァーンのために。でもヴァーンの誕生日は過ぎてだいぶ経つし、彼女の誕生日は二月までやってこない……。

しんぼう強く待ち続けたが、扉は閉じたままだった。このお客さんには会わせてもらえないのだ。がっかりしてちょっとため息をついた。

それからいきなり、二人が台所に姿を現した。裏のポーチに面した窓がある。彼女のいる位置からほんの少しずれていたが、目の隅で屋内の一部分を見ることができた。目は動かせるのだ。

最初に入ってきたのはヴェラで、お客が後につづいた。ヴェラがテーブルになにか置き、ガサゴソと大きな音をたてて開け始めた。小包のようなものだ。じゃあ、やっぱりサプライズでプレゼントを用意してたのね。

ヴェラの声が聞こえた。「こんなこと、どこで思いついたの？」ある種の尊敬と賞賛の響きがあった。

「新聞で読んだんだ。戦争がいまにもはじまりそうだったころ、ロンドンやパリで配ってたんだとさ。知り合いがそのころあっちにいたことがあって、何個か持って帰ってきたんだ。そいつのところからこっそり拝借《はいしゃく》した」

「うまくいくと思う？」

「まあ、今のところこれがいちばんましなアイディアだろ」

「ほかのはろくなもんじゃなかったけどね」

包みを開ける紙の音はあいかわらず続いていたが、それがついにぴたりとやんだ。一瞬の沈黙が訪れて、ヴェラが言った。「へんなかたち」

「役には立つんだ。かたちはどうでもいい」

もう一度がさりと音がして、ヴェラの声が聞こえた。「なんでふたつも？」

「ひとつはご老体に」

ミラー夫人の胸は期待にはずんだ。わたしにもなにかくれるのね。ちいさなプレゼントとか記念品みたいなもの。

「なんで？」とじれながら言うヴェラの声がした。「なんで二人ともいっぺんじゃだめなの？」

「頭を使えよ」男がうなるように言った。「俺たちの守り神だぞ。アリバイみたいなもんだ。ばあさんが無事でいれば事故でとおるんだ。二人ともいっぺんに死んでみろ。俺たちに都合が良すぎるだろ。そんな危険は冒せない。一人ならまだしも、同じ家にいる三人のうち二人となるとクサすぎる。しかもおまえは旦那と同じ部屋にいて、ばあさんは廊下の反対側の端っこだぞ。おまえが無事で、ばあさんは死ぬなんておかしいだろうが。部屋のドアだって閉まってるんだ」

「わかったって」ヴェラはしぶしぶ認めた。「でも一日中車椅子を押して世話してるわたしの身にもなってみてよ――」

日がかげったように感じられた。寒くて、身体に障《さわ》りそうなくらいだった。心臓が肋骨の中でばくばく鳴った。恐怖に膨らんだ鼻の穴からは、荒い息が漏れていた。

男は続けた。「いまのうちに着けかたを教えてやるよ。そうすりゃ本番のとき困らないだろ」

ヴェラがなにか話しはじめたが、頭を袋の中につっこんだように、もごもごと聞き取りにくくなった。

突然、窓のすぐ近くにヴェラがいた。頭部が忽然と消えている。声を出せるのなら、悲鳴をあげていただろう。ヴェラは、馬の餌袋のようなものを頭にかぶっていた。ノズルがつきだしていて、下に垂れたその先は見えなかった。両眼のところには、メガネのような円盤がついている。

ガスマスクだ！

ヴェラは部屋の奥へと移動して、再び視界から消えた。声が鮮明になった。マスクをはずしたのだろう。「ふう！　息苦しい。こんなので効くの？　ほんのちょっとでも危険があるならおことわりだからね」

「おまえが今晩吸うものなんかより、はるかにひどいもんのためにつくられてるんだぞ」

「どこにしまおうかな。使う前に見つかるのは避けなきゃ。部屋に持っていったらあの人が――」

オーヴンの蓋《ふた》を開け閉めする音が聞こえた。「ここならぜったい見つからない。晩ご飯はもうできてるからストーヴで温めるだけでいいし、あの人は台所なんか気にしない。寝たあとで下りてきて取り出す。包み紙はもっていってちょうだい」

また紙の音が聞こえたが、今度は丁寧に折りたたんでポケットに入るサイズにしていることがわかった。

「よし、と。これで段取りはいいな。もう一つはばあさんに着ける。言ったとおりにしろよ。それからマスクを着けるタイミングを間違えないように。万が一旦那が途中で目を覚ましたらマズイことになる。ギリギリまでがまんしてから着けるんだ。すこしぐらいなら吸っても害はない。あとで救命隊員たちが酸素吸入器を着けてくれるんだからな。

窓の隙間に詰めた紙とかぼろきれは全部捨てる。消防署に通報するときは、電話口で話さない。おまえの声は元気が良すぎるからな。受話器を外して放置するだけで、連中は駆けつけてくる。ちょっと時間はかかるが問題はない。おまえは、ぎりぎり玄関の手前で力尽きてのびてるんだ。いちばん重要なのはマスクだ。見つかったら俺らはおだぶつだ。旦那が死んだのを確認したら、二つともガレージにある車の中に隠しておくこと。どうせ旦那が死んだら使わなくなるんだからな。おまえは運転できないだろ。一日か二日したら、エイジャックス・ガレージに電話して引き取りに来させる

——俺の店だ。そうしたらマスクを取り出して持ち主のところに戻しておく。誰もなにも気づきはしないさ」

「どのくらい待てばいいの。一時間以上かけても助かることがあるって聞いたけど。そんなことぜったいに避けないと」

「いったんじゅうぶんに吸い込んだら、あとはどれだけ酸素を与えても助からん。顔をよく見とくんだ。青くなって斑点が出てきたらいっちょあがりだ。あとはひと月くらいおとなしくして、遺産やらのことが片付くのを待つ。電話するよ。そうだな、今晩から数えて三十日後に。ほかにぬかりはないな」

「うん。あの人はたっぷり保険にかかっているし、株はぜんぶわたしの名義になってる。会社は調子がいいし、首を突っ込んでくる親戚もいない。一生遊んで暮らせるんだよ、ジミー。だからこれ以外の方法はいやだって言ったの。失敗したら意味がなくなるんだから」

「ご老体はどこだ?」男が突然尋ねた。

「いつもどおり裏のポーチ」

「聞かれるじゃないか。部屋を変えよう!」

ヴェラが冷淡な笑い声をあげた。「関係ないって。話せないし、書けないし、身振り手振りで合図を送ることもできないんだよ」

二人は、ミラー夫人が居眠りしているかどうか窓越しに確かめることすらしなかった。

「じゃあ」と男が最後に言った。「いまさら怖じ気づいたりしないようにな。自分の役割だけに集中すれば万事うまくいく。ひと月後にな」二人はキスを交わした。血のように真っ赤な死のキスだった。

二人は台所を出て居間に戻り、側面の扉から玄関に通り抜けた。扉が開き、閉じた。ミラー夫人は孤独に取り残された——たった今耳にした秘密を胸に抱えたまま、息子を殺すことになるかもしれない女とともに。


ヴァーノン・ミラーは、愛想がよくて心の広い、思いやりいっぱいの男だった。こういう男にかぎって、ヴェラのような女をひきよせてしまう。とはいえ、だまされやすいわけではなかった。ビジネスの世界では用心深いほうだったし、場合によっては執念深く非情にもなれた。問題は、危険な場所で守りを下げてしまったということだった——家では完全に無防備な姿をさらしていたのだ。

ミラー夫人は、ヴァーノンが鍵を開ける音を聞いた。「ただいま！」と家中に届く声。ヴェラが二階から下りてきて、キスをする。裏切り者《ユダ》のキスだ。

それから彼は裏のポーチにやってきて、母の顔を見る。ミラー夫人の聖なる三つの生きがいの一つ、息子の声が聞こえるのはこのときだ。

「ひなたぼっこはきもちよかった?」

夫人のまなざし。

「中に入りたいの?」

つらそうなまなざしが返ってくる。

「いいものがあるんだよ」

まなざし。つらそうな、訴えかけるようなまなざし。

「さびしかった? ぼくが帰ってきてうれしい? だからそんな目で見るの?」ヴァーノンはしゃがみこんで、母親と同じ目の高さになった。「なにが言いたいの、かあさん」

取り憑《つ》かれたようなまなざし。

「あれやってみようか? 〝はい〟なら二回まばたきして。〝いいえ〟なら一回だよ」

いっしょに決めた古い暗号で、これだけが二人をつないでいた。

「お腹すいた?」いいえ。「寒い?」いいえ。「それなら――」

ヴェラが台所で声を上げて、二人をさえぎった。夫人の企みに気づいたかのようだった。「一晩中外にいるつもり？　もう晩ご飯はできてますよ」

絶望的なまなざし。

ヴァーンは立ち上がって、車椅子の背後に回ると居間に押して入った。そこに彼女を残したまま、しばらく二階に姿を消す。

まなざしで訴えるというたったひとつの武器も、役に立たなかった。なにもないふだんの夜でも、ミラー夫人の眼はいつも息子の姿を追っていたからだ。今晩はいつもとちがうなんて、どうやって知らせたらいいの？

ヴェラは食卓の支度を終えて、声を上げた。「ヴァーン、ごはんよ」

手を洗って階段を下りてきたヴァーンは、母親の車椅子を押して食堂に入った。ヴェラの隣に止めて、自分はテーブルの反対側の席につく。食事の介助はヴェラの役目だった。

ヴァーンはナプキンを広げ、スープに手をつけた。

ヴェラが短い沈黙を破った。「義母《おかあ》さんが口を開こうとしない」

ぎゅっと食いしばったミラー夫人の口に、スプーンを押し込もうとしているところだった。夫人は、顎《あご》を閉じたりゆるめたりして食事が摂《と》れるところまで、顎の筋機能を回復していたのだ。今はがっちり閉ざされている。

ヴァーンは母親を見やり、彼女はまばたきした。一回ずつ、三回。いや、いや、いや。

「気分が悪いの？　何にも食べたくないの？」

「駄々をこねてるだけ。一日中元気だったもの」

そうよ、元気だった。ミラー夫人はみじめな気持ちで考えた。あんたがこの家に死神を招き入れるまではね。

ヴェラは、まだスプーンを突っ込もうとしていた。夫人はかたくなに拒んだ。手元が狂い、スープが飛び散った。「もう、なにするの！」ヴェラはカッとして声を荒らげた。

「ぼくがやろうか？」

夫人は、猛烈な勢いで二回ずつのまばたきを三回する。ええ、ええ、ええ！

ヴァーンは立ち上がり、車椅子を自分の隣に移動させた。

自分の食事をしはじめたヴェラが、「お好きにどうぞ。わたしは大歓迎」とつぶやいた。

ここまではうまくいった。息子のすぐそばまで来られた。こんなに近いのに、果てしなく遠い。夫人のたてた必死の計画はこうだ。まず、なにかおかしいと勘づかせる。なにか困っていることがあるのだと。そこまでは簡単だ。それがうまくいったら次に、どうにかしてガスマスクが二つ隠されているオーヴンに息子の関心を向けさせる。できれば、自分でオーヴンを開けさせる。それがダメなら、息子がヴェラにオーヴンを開けさせるよう仕向ける。

そうすれば、マスクをどこか別の隠し場所に移さなければならなくなる。あんなに大きくてかさばるものだ。そう簡単には隠せない。ヴァーンの目に止まる可能性ははるかに高まる。見つけたところで、それの意味するところを理解できるとは限らない。まさか自分の死をもたらすものだとは。ヴェラはきっと、なにかてきとうないいわけでごまかすだろう。だが、そのせいで怖じ気づくかもしれない。最悪の場合でも、計画の延期につながるかもしれないのだ。言葉で伝えられない以上、これがミラー夫人にとって最善の策だった。

こうして彼女は、残された唯一の、長く曲がりくねった回り道をたどりはじめた。料理のひとつひとつ、ストーヴの上で温められたものすべてを拒んでいった。

「なにも食べてくれないなあ」とうとうヴァーンが言った。心配そうに夫人の額に手をあてて、体温をたしかめた。額は苦悶に汗ばんでいた。

「あんまり甘やかさないでよ」ヴェラが嚙みついた。「料理におかしいところなんてないんだから」

「かあさん、どうしたっていうの。お腹すいてないの？」この言葉を待っていたのだ！　否定の印を何度も送る。

「お腹はすいてるんだ！」ヴァーンが驚きの声を上げた。

「ならなんでなにも食べないのよ」ヴェラが怒りにまかせて言う。

「たぶん、なにか特別なものがほしいんだよ」

計画の第二段階だ！　ああ、ぜんぶこんなにうまく進んでくれたら、息子の命を救うチャンスもきっと見つかるのに……。

「あっそ」ヴェラはバカにして鼻を鳴らした。まだ警戒はしていない。もし警戒されたら、計画はいっそう難しくなる。

ヴァーンはやさしく母親の前にかがみこんだ。「なにか特別なものがほしいの？テーブルに載ってないもの？」

そう、そう、そう、そう。苦痛にみちたメッセージが発せられた。

「ほらやっぱり！」ヴァーンが勝利の声を上げる。

「なんでも手に入ると思ったら大間違い」ヴェラがぴしゃりと言った。

ヴァーンは、非難のまなざしを向ける。そしてただひと言おだやかに、だがはっきりと言う。「手に入るんだよ」その意味するところは明らかだった。「こんなにかわいそうな人から、ほんのちょっとしたよろこびすら奪うつもりなのかい？」

ヴェラは、言いすぎたとわかった。それで取りつくろうために、むっつりと付け加えた。「だいたい、なにがほしいかなんてわからないじゃない」

「それはぼくに任せて」すこし冷たい声だった。

ミラー夫人の思考は駆け巡った。オーヴンを使う料理はいくらでもあるが、ローストとかパイのようなものは問題外だ。時間がかかりすぎる。なにか、オーヴンを使うけれど、すぐできる料理。中には金網が入っている。グリルだ。そう、ベーコンがいい！ベーコンなら切らしていることもないし、すぐできる。

ヴァーンは根気よく料理をひとつひとつあげて、消去法で正しいものを見つけ出そうとしていた。「コロッケが食べたいの？」いいえ。「トウモロコシの炒め物？」いいえ——。

「そんなことしてたら料理が冷めちゃうわよ」ヴェラが皮肉を言った。この先のことを考えて、すこし気が立っていたのだ。ふだんなら、ミラー夫人にたいしてそこまで冷酷ではなかった。あるいは、なんとか隠しながら義務を果たしていただけという可能性もある。留守中のことについて、おかしなふうにヴァーンに伝わると困るのだ。料理の名前が尽きかけていた。次を思いつくまで時間がかかるようになり、間もなく完全に止まってしまいそうになった。恐怖がミラー夫人を貫いた。眼を大きく見開き、続けてと懇願した。

ヴェラが思わぬ助けの手をさしのべることになった。「無駄よ」いまいましそうな声を出したのだ。「一晩中こんなこと続けるつもり？」

遠回しに反対されればされるほど、ヴァーンの決意は固くなった。彼は、ますますかたくなに続けた。「お腹をすかせたままになんてできないよ！」とヴァーンは言い張った。夕食の料理はもう出尽くしてしまったので、今度は朝食の料理名を挙げはじめた。「シリアル？」いいえ。「ハム・エッグ？」いいえ。でもすごく近い！「ベーコン？」

そう、そう、そう。まなざしで答える。心の中では、感謝の賛美歌が流れていた。

ヴァーンは、掌でぴしゃりとテーブルを叩いた。

「ぜったいわかると思ってたんだ」

夫人の眼は息子を離れ、ヴェラの様子をうかがった。血の気が失せている。テーブルクロスのように真っ白だ。母と妻、それぞれ救世主と殺人者になろうとしている二人の女は、長々と視線で探り合った。ヴェラの視線にあったのは、「聞いていたのね！」という言葉だった。それから、冷酷であきらかなあざけりとともに、「知ってるんなら彼に教えたら？　命を救ったらいいじゃない」。

「聞いただろ」ヴァーンは悲しげに言った。「突っ立ってないで何枚かオーヴンで焼いてあげてよ」

ヴェラは、はめられたという顔になった。口の中は空っぽだったが、ゴクリとのみ込んだ。「いやよ。ご飯を作ったばっかりでせっかく食べてるところなのにまた作るなんて！　だいたいオーヴンが油でベタベタになっちゃうし――それに――」

ヴァーンは、ナプキンをテーブルに投げつけた。「じゃあ、自分でやるよ。ベーコンくらいなら料理できるから」だが、ヴェラは彼より先にさっと立ち上がって、大急ぎで台所に向かった。まるで、台所でなにかが焦げているようないきおいだった。

「冗談よ」としゃがれ声を出した。「あたし、そんな奥さんじゃないわよ。一日中働いて疲れたあなたに、そんなことさせるわけないでしょ。ちょっと待ってて……」

ヴァーンはあまりに無防備だった。まんまとほだされて、あたたかくほほえみながら彼女を見送った。

そのまま見つづけてくれたら！　彼の位置からは、オーヴンまでまる見えだった。視線の向きを変えなければ、ヴェラが中から取り出すものも見えるはずなのだ。だが彼の心にはつゆほどの疑いもなかった。ヴァーンは母親のほうに向き直り、元気づけるようにほほえむと、麻痺した手を軽く叩いてやった。

夫人のまなざしは、息子を通り越して台所の明かりにくぎ付けになっていた。視線の先を追って、振り向いてくれさえすれば！

二人の様子を抜け目なくうかがうヴェラの姿が見えた。チャンスを狙っているのだ。オーヴンの前にしゃがんで蓋を開いてから、ヴァーンの頭の向きが変わっていないことをもういちど確認した。そして、くすんだオリーヴ色のマスク二つを押しつぶすようにしてさっと抱え込むと、すばやく居間に背を向けた。そのまま横歩きで台所を横切り、食器棚の中にマスクを突っ込んだ。缶詰類が入っていて、ふだんはほとんど使わない棚だ。

やはりただの悪夢ではなかったのだ。この家には、ほんとうに人殺しがいる。マスクの隠し場所が移動している間、ミラー夫人の眼は片時も動きを止めなかった。狂ったようにヴェラから息子へ、息子からヴェラへと行き来し、ヴァーンの注意をけんめいに台所へ誘導しようとした。

だめだった。ベーコンを待ちきれないのだと息子は受け取った。「もうすこしだからね」と慰めはしたものの、彼はそのまま自分の食事を続けた。台所のほうを見ようとはしなかったのだ。

とうとう、ベーコンとともにヴェラが戻ってきた。ミラー夫人に向けられたほほえみは、夫が思ったようなやさしく気づかいにみちたものではなかった。そこには、悪魔のようなあざけりと、純粋な残忍さがあった。目撃したことを息子に伝えられない夫人を、ばかにしているのだ。

「さあどうぞ」愉快そうに言う。「ちょうどよく焼けてて、おいしそう!」

「ありがとう、ヴェラ」命運が尽きかけているというのに、ヴァーンは感謝の笑顔をむけた。

食事がすむと、ヴァーンは母の車椅子と共に居間へと移動し、新聞を読み始めた。ヴェラは、「ざまあみろ」というような邪悪な視線を夫人に浴びせてから、皿を洗うために台所へと戻った。

ミラー夫人は、二人きりでいられる間、ずっと息子の顔を見つめ続けた。だが、彼がそのまなざしに気づくことはなかった。市場動向やサッカーの情報に没頭したまま、顔を上げなかったのだ。二人きりで過ごしているこのタイミングで、どんなにかすれた微かなしゃがれ声でもいいから、声さえ出せたら！　だが、もし声を出せるのなら、二人きりになどなれなかっただろう。そもそも、悪巧みを漏《も》れ聞くことすらなかったはずだ。

それでもなお、ヴェラはすこしも油断していなかった。どれほどたどたどしいものであっても、意思疎通の試みを許すつもりはない。なんだかんだと理由をつけては、布巾を手にしたまま二度も居間の入り口に姿を現して、二人の様子を確認していたのだ。

待ち受ける運命も知らないヴァーンは、うつむいたまま新聞に読みふけった。注意を引こうと懸命な母親の投げかける、突き刺すような、電気ショックを与えるような狂おしいまなざしには気づくことがなかった。

ヴェラは満足して、ミラー夫人に邪悪な笑みを見せてから台所に戻った。

もう時間がない。ヴェラが居間にやってきたら最後、寝るまで母子を二人きりにすることはないだろう。

一度だけ、ヴァーンは懇願するようなまなざしを感じて、母親のほうに手をのばした。だがうわの空のまま顔を上げることもなく、静脈の浮いた彼女の手をさするばかりだった。それが夫人にできるせいいっぱいだった。それ以上、息子の無関心を刺し貫くことはできなかった。アメリカンフットボールの試合結果、債券価格の動向やマンガ、そんなものが少しずつ彼を死へと追い込んでいた。

とうとうヴェラも居間にやって来て、ヴァーンのコートのポケットからタバコを取り出すとラジオを点けた。彼は顔を上げ、「そうだ。ガス会社には電話してくれたかな？　はやく給湯器を直してもらわなくちゃ。今晩も風呂に入りたいんだ」と言った。

ナイフのように鋭い恐怖が、ミラー夫人の心臓を刺し貫いた。そういうことか！　ガスが使われることはわかっていたが、そういうことだったとは。

二階の浴室には、壊れかけの給湯器がある。愕然として眼を閉じ、また開いた。

ヴェラは、しまったというように指を鳴らしてみせた。「しようと思ってたのに、すっかり忘れてた！」声には反省しているような響きがあった。

うそだ。ミラー夫人にはわかっていた。わざと電話をしない。そういう計画だったのだ。そのほうがあとで自然に見える。まるで避けられなかった事故のように。

「今日まで大丈夫だったんだから、あと一回くらい問題ないわよ」ヴェラが安心させようと言う。

「そりゃそうだけどさ、あんなふうに漏れるんじゃ、火を点けたときに危ないよ。いつやられてもおかしくない。まったく、ぜんぶぼくが自分でやらなきゃいけないんだからな」ヴァーンは不平をこぼした。

「朝一番で電話するから」ヴェラは従順に約束してみせた。

だが、ヴァーンに朝は来ないのだ。

それからすぐ、ヴェラは巧みに話をそらした。ヴァーンの注意をラジオに向けさせたのだ。「今の聴いた？　最高！　ちゃんと聴きましょうよ。この二人って最高におかしいんだから」

ラジオから流れてくるジョーク。このうえなく無害なものだが、今やそれがヴァーンの命を縮めつつあるのだ。

時報が流れた。「東部標準時の、午後十時をお知らせします――」

「会社も調子よくなってきてるんだ。この分だと、来年の夏には船旅にでかけられそうだよ」

むりよ！　夫人は絶望的な沈黙の中で叫んだ。あなたは今晩殺されるの。わたしの声を聞いて！

ふたたび時報が流れた。夫人には、先ほどの時報から、一分も経っていないように感じられた。「午後十時半、東部標準時――」

ヴァーンはきもちよさそうにあくびをした。「年末なんてあっという間だね。クリスマスにはなにがほしい？」

「あなたがくれるものならなんでもいい」ヴェラは、しおらしい作り笑いをしてみせた。

ヴァーンは母のほうを振り向くと、顔を近づけてしげしげと見つめた。「かあさん、どうしたの？　額に汗かいてるよ」立ち上がって母の元にやってくると、自分のハンカチでやさしく汗の粒をひとつひとつ拭いとった。

だが、ヴェラはあわててさえぎった。彼女は、いまや警戒態勢に入っていた。ミラー夫人は身体の障害だけでなく、この敵とも戦わなければならなかったのだ。勝ち目はない。「部屋が蒸し暑いのよ。わたしもそう……」と言いながら、自分の額を拭うふりをした。

「でも、手はこんなに冷たいんだ！　ほかに理由があるはずだよ――」

「それはその――」ヴェラは、抜け目なく伏し目がちになって、「血液の循環のせいよ、わかるでしょ？」と小さな声で言った。夫人の気持ちを傷つけないよう気をつかっているかのように。

ヴァーンは、納得してうなずいた。

ミラー夫人のまなざしは、必死で息子にしがみついた。聞いて！　なぜ聞こえないの！　こんなに必死なのに、なぜ言うことがわからないの！

ヴァーンは立ち上がり、のびをした。「二階に上がって給湯器を点けてこようかな。そろそろ風呂に入って眠りたいんだ。今日は忙しかったから」

「わたしたちもいっしょに上がるわ」ヴェラが調子を合わせた。「この時間帯になると、どこの局もスウィングしか流さなくなるから退屈なの」ラジオのスイッチが切られた。こうして、日常的で家庭的ないつもと変わらぬ調子の中で、殺人の準備がはじまった。

ヴァーンは、慎重に母を抱え上げると階段に向かった。車椅子はいつも階下に残す。持ち上げるにはかさばりすぎるのだ。

ミラー夫人はぼんやりと考えた。息子の足下では、オーク板が一歩ごとにみしみしと音をたてていた。「明日の朝は、だれが下ろしてくれるのかしら。あなたはいったいどうなってしまうの？」

二人の顔がいちばん近づいたのは、階段を上るときだった。凍りついたように動かない唇が、息子にキスしようとけんめいに力を尽くした。「そんなにはあはあいってどうしたの?」ヴァーンがおどけて言う。「階段を上ってるのはぼくのほうだよ」母の部屋にたどり着くとベッドに寝かせて、約束した。「すぐまた戻ってきておやすみなさいを言うからね」そして、給湯器に点火しようと立ち去った。

夫人を寝かしつけるのは、ヴェラの役目だった。

服を脱ぐ必要はほとんどなかった。外出着を着なくなっていたからである。あたたかいウールの洋服とフェルトのスリッパを脱がせてから、かけ布団を整えるだけで終わりだった。

ヴェラがやってきて、無表情なまま淡々と作業をこなしていった。あたかも二人とも、これから起きようとしている出来事について何も知らないかのように。ミラー夫人の上にかがんでいるこの女は、殺人者より邪悪なのだ。化け物だ。人間らしさのかけらもない。彼女のまなざしは懇願していた。「お願いやめて。息子をうばわないで」だが、岩に向かって訴えかけるようなもので、何の役にも立たなかった。ヴェラは揺らぐことのない二つの強烈な衝動に駆り立てられていた——男への情欲と、金銭欲だ。そこに同情の入る余地はなかった。

ヴァーンはいまや浴室にいた。ボッと音がして、ガスの火が点いた。「ねえ、ヴェラ! こんなの点けても大丈夫かな。だいぶ漏れてるみたいだよ。炎が青より白に近い。空気が混ざり込んでるんだ！」かすかに、だがはっきりブーンという音がしていた。それは故障のせいではなかった。点火しているときにはかならずそういう音が出るのだ。

「大丈夫にきまってるじゃない！」ヴェラが、ためらうことなく声をはり上げた。「もう、めめしいこと言わないでよ！　いま入っておかないと朝がたいへんでしょ？　いっつもバタバタになって大騒ぎするんだから」

ひとすじのつんとする臭いが、ミラー夫人の部屋にまで漂ってきたが、鼻をひとつきしただけですぐに薄まって消えた。ヴェラは、自室で着替えはじめたところだった。ヴァーンがバスローブにスリッパというかっこうで戻ってきた。若々しく力にみちた姿だった。間もなく命を失うようにはとうてい見えない！

「かあさん、今おやすみを言っておくね。疲れてるからもう寝たいでしょ？」

彼は、母親の額にキスをしようとかがみこんだところでなにかに気づき、動きを止めた。ベッドの端に腰を下ろして母の顔をじっと見つめた。「ヴェラ」彼は、肩越しに呼びかけた。「ちょっとこっちに来てくれないか」

女殺人者がやってきた。破壊の天使よろしく、ピンクのサテンとふわふわのレースを身にまとい、銀色の柄《え》のブラシで髪をとかしている。

「今度は何なの?」声がすこしピリピリしているようだった。

「かあさんは、なにかが気になってるんだよ。何なんだろう。涙ぐんでるじゃないか。ほら、大きな粒が頰を伝ってるだろう?」

ヴェラの顔は、恐怖のあまりややこわばっていた。それをむりやり心配の表情へと変化させた。これ以上の追求を押さえ込むための理屈を用意してあったのだ。「むりもないわ」ヴァーンの耳に口元をよせて、低い声で言った。まるで、ミラー夫人の耳に入らないよう気をつかっているとでもいうような調子だった。「たまにはそういうことだってあるわよ。わたしたちのほうは馴れてしまったけど、本人はそうもいかないでしょ。こんな身体になってしまって——ときどき落ち込むのはあたりまえよ」ヴァーンの肩をなぐさめるように叩き、「それだけのことよ」とささやいた。

説得力はあった。だが完全に納得したわけではなかった。「でも、いつもはこうじゃないのに、なんで今晩にかぎってなんだろう? 今晩帰ってきてからずっと、ぼくのことを見てるんだよ。なにか言いたいことがあるんじゃないかな。すごくそんな気がするんだ……」

今や、ヴェラの顔はあきらかに青ざめていた。とはいえ、病人の身の上を案じる良き妻らしい気持ちからのことだと誤解させるのも、たやすいことだった。

「もうすこしここにいるよ」彼が言った。

そうよ、わたしのそばにいて。ベッドの中のミラー夫人は嘆願した。ここにいて眠らないの。そうしたらあなたは無事よ。

ヴェラは思いやりぶかく彼の両肩に腕を回して、やさしく立ち上がらせた。「さあ、あなたはいって。お風呂が沸いてるころよ。義母《おかあ》さんにはわたしがついているから。朝になったら、いつもどおり元気になっているわよ」

でも、ヴァーンにはわからない。朝になったらこの世にいないもの。

きびすを返して静かに部屋を出て行く彼を見送りながら、ヴェラは顔をゆがませてみせた。思いやりぶかい表情のつもりなのだ。「義母《おかあ》さんはちょっと落ち込んでるだけ。心配ないわよ」

ヴェラは窓際に移動して、ミラー夫人に背中を向けたまま外を眺め続けた。ベッドから向けられる、非難のまなざしに耐えられなかったのだ。浴室から、水の飛び散るくぐもった音が聞こえてきた。しばらくして、ヴァーンが戻ってきた。

「給湯器はちゃんと消した？」ヴェラが注意をうながした。何の役にもたたない、そしてたたせるつもりもない警告である。

「うん」タオル越しに、ヴァーンが答える。「でもガスのにおいが強いな。明日、朝一で修理させなくちゃ。扉を開けたまま入ることにするよ。かあさんはどんな様子?」

「しーっ! いま寝かしつけたところ。入ってきちゃだめ。起こしちゃうでしょ」彼女はさっと手をのばし、意地悪く電灯を消した。

いや! せめてあの子にさよならをいわせて! 命を救えないなら、せめてもうひと目だけでも会わせて——

扉がゆっくりと、容赦なく閉じていき、ミラー夫人をひとりきりにした。たすけて! だれか! 狂おしいばかりの思考の渦が駆け巡った。

しばらくの間、壁の向こうから二人の押し殺した声がかすかに聞こえていた。それから、窓のサッシが引き上げられる音。そして静かに彼らの部屋の電灯が点けられる音。薄い壁越しに、あらゆる音が聞こえてくるようだった。あらゆるものが、容赦なくミラー夫人を追い詰めた。窓からは涼しく爽やかな夜風が吹き込んでいたが、彼女の顔からは汗がしたたっていた。

静寂。いつでも飛びかかれるよう、姿勢を低くして待ち構える獣のような静寂だった。太鼓のように激しく連打する静寂。静寂はいつまでも続き、あまりにも延々と続くために、その果てではほとんど希望すら形作りはじめた。

そうして部屋の中からかすかに、聞こえるか聞こえないかぎりぎりの音がして、窓のサッシが下ろされた。部屋を密封しているのだ。

ミラー夫人の部屋の扉が静かに開いた。幽霊のような白いガウン姿の人影が現れて、壁際をすうっと移動した。窓を引き下ろし、枠の隙間には布きれを押し込んでいった。もうすでにずいぶん長い間給湯器を点けっぱなしにしているのだろう――もちろん、今回は点火しないままだ。鋭く鼻をつくガスの臭気がヴェラのあとから部屋に流れ込み、たちまちぐっときつくなった。ヴェラは再び部屋を出ていった。死をもたらす使いとして。

はるか遠くで、階段の下の方の段がきしんだ。じっとはりつめたままのミラー夫人の耳には、オーヴンの開く音すら聞こえた。皿を洗っているあいだに、マスクをもとの場所に戻してあったにちがいない。

臭いが強さを増した。ミラー夫人は耳鳴りを感じ始めた。はじめは遠くでかすかに鳴っていたのが、長いトンネルの中で轟音《ごうおん》を響かせる列車のようにぐんぐん近づいてきた。壁の向こうでヴァーンが咳こみ、眠ったまま呻き声をあげた。もはや決して目覚めることのない眠りだ。ここよりも苦しいに違いない。浴室に近い息子の寝室は、それだけ死に近かった。

ふたたび、人影がミラー夫人の部屋にすべり込んできた。かすかに青みがかって見えた。ガスが光を屈折させるせいで、もはや白くは見えないのだ。吐き気がした。耳は轟々と鳴っていた。頭の中を、列車が猛烈な勢いで通り抜けているようだった。部屋は、身体のまわりでぐらんぐらんゆれた。

枕から持ち上げられて、声がした。何マイルも離れたところから聞こえてくるようだった。「これだけ吸えばだませるでしょう」そして、なにかが頭に被《かぶ》せられた。急に、甘く混じりけのない空気をまた吸えるようになった。轟音はしばらく続いたが、やがて列車が走り去るように少しずつ小さくなっていった。最後には完全に消えた。青みがかったもやも消えた。

あの子が！　あの子が！

二つの丸い穴を通して、身体のまわりに夜明けの光が射していることに気づいた。よろめく人影が現れた。壁に手をついて身体を支えながら歩いている。ヴェラがふらついているのは、ミラー夫人の視界がガスにやられているからではない。密封された屋内に溜まったガスのせいだった。マスクを外したばかりだというのに、すでに効果があらわれていたのだ。濡らしたハンカチを口元にあてていたが、息を止めるのに懸命なのがありありとわかった。

ヴェラは、隙間に詰めた布きれを取り除いてから窓を少し開けた。先にそうしてから、ベッドのところに戻ろうという判断力は残っていたのだ。ミラー夫人を座らせてから、手探りでマスクを外した。

耳鳴りがまたはじまった。ふたたび列車が彼女に向かって走りはじめた。

ヴェラは、ハンカチを口に当ててえずいた。「戻ってくるまで、せいいっぱい息を止めてるのよ」涙がこぼれていた。「あんたの体のために言ってるんですからね」そう言うと、ノズルのところをつかんだまま、マスクを引きずりながら立ち去った。右へ左へとふらついていた。

階段を下りるというより、どたんばたん転げ落ちるような音がした。裏のほうのどこかで扉が開かれた。

耳鳴りはしばらく強くなる一方だったが、やがて窓から新鮮な空気が吹き込んでくると、落ち着きはじめた。とはいえ、いまでも廊下の先にある浴室の給湯器からはガスが漏れ続けているにちがいない。

せいいっぱい息を止めてるのよ。ヴェラはそう言った。生きるためだ。でも息子は死んでしまった。死んでないならわたしのマスクをはずしには来なかったはず。わたしもいっしょに死のう。それがいちばんいい。彼女は深々と息を吸い込みはじめた。毒混じりの空気をむさぼるように吸って、肺の中に溜めておいた。歯科で笑気ガスを吸うときのように。

耳鳴りがふたたび高まり、低く大きな音になっていった。部屋は、濃紺の風車のように回り狂った。端の方から徐々に暗くなっていく。

「あいつらを出しぬいてやるの。いっしょに死ぬのよ、ヴァーン」朦朧《もうろう》としながら、ミラー夫人は考えた。今や風車は中心部まで真っ暗になっていた。軸の一点だけが青く残っている。どこかでガシャンというガラスの音がした。だが、そんなことはもうどうでもよかった。

軸の青も消えて、なにもなくなった。

ミラー夫人は、はげしい喉の渇きをおぼえて空気を吸い込み続けた。なんておいしい空気なんだろう。いくら吸い込んでも吸い足りなかった。なにも見えない。なにか大きな、テントのようなものの中にいるようだ。囁《ささや》く声がいくつも聞こえる。やがて目のくらむような光が射して、おいしい空気の流入が一瞬止まった。それからすぐに居心地のいい暗闇が戻り、ふたたび空気が流れ込みはじめた。

「覚醒しつつある。助かるぞ」

「すごいな。この人みたいな障害を持っててあんなものを少しでも――」

光がふたたび射し込んだ。それが何度も何度も繰り返され、そのたびに速度が上がっていった。明滅する映画のようだった。そしていきなり明るいままになった。暗闇は消え、彼女は目を開いていた。

猛烈に気分が悪かった。悪い兆候だと彼女は思った。だが、まわりを取り囲む人々の顔は、力づけるようにうなずきかけていた。まるで良いことがおこっているように。

「もう大丈夫だ。峠は越えた」

「他の二人は？」誰かが、別の部屋にいる人間に向かって問いかけた。

「妻のほうは大丈夫だ」見えない誰かの声が答える。「旦那のほうはダメだ」

抱え上げられ、そのまま運び出された。ストレッチャーにのせられたらしい。部屋を出る瞬間、家のどこかからみじめな悲鳴があがった。「いや、やめないで！　この人を助けて！　お願い！　なんでわたしじゃなかったの？　なんであの人なの？」

ミラー夫人は救急車に乗せられ、悲鳴は聞こえなくなった。

＊　＊　＊

青ざめて悲しみに沈んだ人影が、看護婦といっしょに入ってきた。喪服のせいで、なかなかヴェラだとわからなかった。二日後のことだ。

「お家に帰れるんですよ」看護婦がうれしそうにいった。「お嫁さんが迎えに来てくれましたからね」

ミラー夫人は、まばたきをした。イヤ、イヤ、イヤ。むだだった。息子に使っていた合図を理解する者はない。

「あなただけで大丈夫ですか？」看護婦が尋ねた。

「お友だちが車で待ってるんです。車椅子を下まで降ろしてくれたら、あとはわたしたちで連れて帰ります」

エレベーターで降ろされるあいだも、ミラー夫人はまばたき続けたが、どうにもならなかった。用務員に押されて病院の玄関を出ると、そこに駐まっていたセダンから一人の男が姿を現した。息子を殺した片割れと、はじめて顔を合わせたのだ。

男はヴァーンよりも背が高かった。それに、もっと顔が整っていた。はるかに整っていた。だが、弱い顔だった。味がなかった。世の中のヴェラのような女どもを、ちょうど狂わせるような顔つきだ。

男は用務員と共にミラー夫人を抱え上げて、助手席に座らせた。車椅子は、車体の後部にしっかりくくりつけられた。中に入れるには大きすぎるのだ。

隣にはヴェラが乗り込み、車は病院を離れた。ミラー夫人は、二人に挟まれたかたちだった。もちろん、ガスのせいで入院がこれほど長引いたわけではない。ヴェラが惨事のあとの耐え難い〝悲しみ〟の時期をすごしているあいだ、ミラー夫人がきちんとした世話を受けられるようにとの配慮のためだった。

「大金はたいたわ！」病院から離れたとたん、ヴェラが吐き出すように言った。

「そのかわり見栄えはよくなっただろ」男が諭《さと》す。「まあどうでもいいやな。金ならいくらでもある。そうだろ？」

「そうだけど、ばあさんなんかに無駄遣《づか》いすることないでしょ。この後どうするのよ。ずっと抱えて生きてくの？」

二人の肩は、ミラー夫人に密着していた。だが二人は、同情の欠片《かけら》もみせずにやりとりをつづけた。

「ばあさんは俺たちの免罪符なんだよ。何度言えばわかるんだ。同じ屋根の下で暮らして、俺たちがきちんと面倒見てやってるかぎりは、よけいな噂は立たないんだ。ばあさんは必要なんだよ。すくなくともしばらくのあいだはな」

ヴェラは喪服のヴェールをまくり上げて、タバコをくわえた。「近所に着くまでにあと一本くらい吸えるでしょ。ほんと、いいかげんこんなお芝居やめてせいせいしたいわ！」

ヴェラは窓から吸い殻を投げ捨て、ヴェールを元に戻した。車が家の前の通りにさしかかったのだ。ヴェールを通して煙を吐き出すその姿は、化け物の本性そのものだった。

まずは、ヴェラがうつむいたまま家に入った。近所の目を気にしてのことだ。男はミラー夫人を抱きかかえて運び込んだあと、すぐにまた車椅子を取りに戻った。

「さあ、出て行って」ミラー夫人が車椅子に落ち着くやいなや、ヴェラは男に向かって言った。「ここに入り浸るのはまだ早いよ。見られてるかもしれないんだから」

「せめて一杯やらせてくれよ」男はムッとして言った。「あんまりじゃないか」うなりながら、なめらかな一連の動作でヴァーンのブランデーをあおった。

「用心しろと言ったのはあんたじゃないのさ。調子に乗らないようにしなきゃ」

男を追い払ってから部屋に戻ってきたヴェラは、喪服の帽子とヴェールを投げ捨てた。ミラー夫人のまなざしが、二個の輝く石のように冷たくヴェラを見すえていた。

ヴェラはブランデーをあおった。ちょっとぎくしゃくしていて、男のようにはいかなかった。「言っとくけどね」彼女はいきなり怒りを爆発させた。「イヤな思いしたくなければ、そんな目で見るのはやめるんだね。いつまでもにらみつけてるんじゃないよ！ 考えてることはお見通しだよ。そんなむだなこと、忘れちまうんだね！」

＊ ＊ ＊

男の訪問回数は増え、そのたびに滞在時間が延びていった。やがて、ミラー夫人が退院してから三週ほどすぎたころに二人は結婚した。もちろん、結婚の宣言があったわけではない。ただある日、二人が帰宅したとき相談し合っているのを耳にしただけだった。その日を境に、男は家にいついた。同じ家で生活するようになったので、意味がわかったのだ。そのときにはじめて男の名前も知った。ジミー・ハガード。ヴァーノン・ミラーを殺した男だ。

世間からすれば、いわゆるドタバタのなかでのあわただしい結婚だったということになるのだろう。悲しみに沈む若い未亡人がひとりでいれば——たったひとりやさしくしてくれた人間に惹《ひ》かれるのもきわめて自然な話だ。その早さは多少のショックを与えるだろうが、そうこうしているうちに三、四週間は経ってしまう。その頃には、それほど急なできごとにも感じられなくなっているだろう。

ミラー夫人は、しばらくのあいだ半死半生の状態にあった。生死のあわいにある、夢うつつの状態。息はしていたし、栄養は摂取していた。生物学的には、たしかに生存していた。でもただ生きているというだけだった。息子の声が聞けなくなっただけではない。残りの二つの大切なものも奪われていた。太陽と青空だ。なにひとつとして二度と戻ってこない。生きる気力をすっかり失った夫人は、もしそのままだったら、ひと月もしないうちに亡くなっていたことだろう。長くても二月もったかどうかだったにちがいない。そこへゆっくりと、だが確実に、ひとつの炎が灯された。ふつふつと輝く、生命の新しい力だ。それが、失われた三つのかわりとなった。復讐だ。

最初は火花だったのが、炎となった。炎は、やがてすべてを呑み尽くす猛火となった。障害を負ってから、これほど生命に満ちあふれたことはない。それは昼となく夜となく、ごうごうと燃えさかった。燃料の補充は必要なかった。何時間でも何日でも何年でも、彼女は待つだろう。必要ならば百歳まで生きてやる。あの二人に天罰をくわえないでは死ねない。ぜったいに逃がさない。いつか、どうにかして。

二人はまんまと、夫人の思うつぼにはまった。彼女の存在が重荷となり、不快に感じたのだ。そのことで、なにかといえば口論するようになった。どちらも、車椅子を押したり、食事を与えたりするのをイヤがった。男のほうがまだしも思いやりがあるようだった。いや、そうではない。単なる思慮深さだ。ヴェラほど向こう見ずではなかった。もっと臆病者だったにすぎない。

「だからって飢えさせておくわけにはいかんだろう。自分では食べられないんだから！　ほうっておけば死ぬ。死んだら俺たちがほうっておいたことがばれる。気づいたら疑いが疑いを呼んで再調査がはじまるぞ。それであれやこれや、数珠つなぎ式にぜんぶつながるんだ」

「それじゃ、誰か雇って面倒みさせてよ。ずっと家にいて、マッシュポテトを口に押し込んだり寝かしつけたりするのはうんざり！　住み込みを雇うお金はあるんだから。それか、介護施設に入れれば一石二鳥よ」

「いや、まだだ。あと何カ月かはいっしょに暮らす必要がある。ほとぼりがさめるまでな」男は食い下がった。「知らんやつを家に入れるのも気に食わんな。危険だ。特に、そいつが近所の人間で、ヴァーンを知ってたりするとマズイ。酔っ払って、俺らのどっちかがなにか口を滑らせる可能性もあるだろ」

危険を冒して広告を打つか斡旋所に行くかと男が考えあぐねているうちに、思いがけない偶然から問題は解決することになった。ある朝、ひとりの若者が家の前を通りかかったのだ。言葉づかいは上品だったが、あきらかに路頭に迷っているようすで、ポーチにいるハガードに気づくとおずおず近づいてきて、なにか仕事はありませんかと尋ねた。芝刈りでも窓ふきでもなんでもやりますと。ヒッチハイクをしながら国を縦断する旅の途中で、この町には三十分ばかりまえに到着したところだという。たしかに小さな荷物をひとつかかえていて、それが全財産のようだった。

ハガードは、青年をしげしげと眺めた。それから老婦人を見やった。それでなにかを思いついたようすで、「ちょっと中に入らないか」と青年に言った。

ミラー夫人には、居間で話すハガードの声が聞こえた。やがてヴェラが呼ばれ、話し合いがおこなわれた。彼女も賛成したようだった——解放されることに大喜びだったのだろう。

青年が、ヴェラに連れられて外に出てきた。手に荷物はなかった。

「この人よ」ヴェラが言った。「世話が必要なの、わかるでしょ？　わたしたちは外出が多いの。スプーンで食べさせて、わがまま言ったら無視すること。ときどきハンストするクセがあるから。言うことときかなかったら、鼻をつまんで口を開けさせたらいいわ。朝九時にはここに来て、この人をポーチに連れ出すこと。服を着替えさせる必要はないから、わたしがまだ寝てたら毛布でくるんでやって。夜になったら中に入れて、ご飯を食べさせてから寝かしつける。仕事はそれだけ。外出してるあいだになにかあったらいやだから、面倒みてくれる人がほしかったの」

「わかりました」青年はおとなしく返事をした。

「よろしくね——名前はなんていうんだっけ？」

「ケイスメントです」

「じゃ、ケイスメント、お金のことはもう主人から聞いたでしょ。それじゃ、これであなたは採用。必要なら自分用の椅子を持ってくるのね」

ケイスメントは車椅子の横に腰を下ろし、脚を開いて両膝に手をのせた。そこからなら、ミラー夫人を見守ることができる。

老婦人と青年は、お互いに見つめ合った。

彼は、すこしほほえんでみた。ミラー夫人は、その表情の背後に同情心を感じとった。こういう仕事ははじめてなんだわ。どういうわけかそんな気がした。

三十分ほどすると青年は立ち上がり、「水を一杯持ってきます。あなたも飲みますか？」と尋ねた。まるで夫人が答えられるような調子だった。それがむりだということに気づくと、彼女を見つめたまま途方に暮れて立ち尽くした。こういう仕事の知識も経験もないのは明らかだった。「どうやったらわかるのかな、あなたの……」もごもごと半分独り言のように言ってから、困って自分の首をごしごしやった。

きびすを返して、家の中に入っていった。夫人のコップを手に、すぐに出てくる。彼女のそばに立つと、自信がないようすのまま見下ろすのだった。夫人は、二度まばたきをして、喉が渇いていると知らせた。できれば——もう少し多くのことを知らせたかった。青年はコップを夫人の口にあてて、ゆっくりと少しずつ空になるまで飲ませた。

「もう少し飲みますか?」

今度は、一回だけまばたきをした。

コップを床に置いて夫人を見つめ、顎をなでながら考え込む。「すばやく二回まばたきすることもあれば、一回だけのこともあるんですね。どういう意味なんです。はいといいえ? 試してみましょうか」彼は新聞を取り上げ、「イエス」という単語を指さした。夫人は二回まばたきをする。それから「ノー」を指す。まばたきは一回だ。

「これはすごい前進ですね」とうれしそうに言った。

夫人の眼も、ほほえんでいるように見えた——とても表情豊かな眼だった。ヴァーンと使っていた信号が戻ってきた。こんなにあっさりと! この子はとっても賢いわ。

午後もおそくなり、夫人の車椅子を食堂に移動させた。最初のうちこそぎこちなくスプーンで食べさせていたが、すぐにコツをつかんだ。彼女の顎の開く角度は限られているので、あまりたっぷりスプーンに盛ってはいけないということがわかったのだ。

ヴェラがそれを見て、「わたしたちよりうまくやってるじゃない。あなたなら食べてくれるのね」

「そうなんです」夫人から目をそらさないまま、青年はくつろいだ様子で言う。「ぼくたち、とってもいい友だちになれそうです」

説明はつかなかったが、青年の言うとおりだとミラー夫人は思った。なぜだか、この青年は信頼できる、味方だと感じられたのだ。

二階に運ばれると、その夜はもう彼に会うことがなかった。だが暗闇の中で、夫人は満ち足りた気持ちだった。炎は燃えさかり、もう誰にも消せない。もしかしたら……。


朝になると、青年は夫人を階下におろし、オレンジジュースを飲ませてからいっしょに表のポーチに腰をおろした。しばらくのあいだは、ただ二人でひなたぼっこをつづけた。そのうち青年は、首を巡《めぐ》らせて背後の窓を見やった。誰もいないことをたしかめるような仕草だったが、あまりになにげない様子だったため、夫人はなにも意味を読み取れなかった。ハガード夫妻は朝寝坊だなあなどと考えていただけなのかもしれない。

青年は低い声で、ほとんど囁くように言った。「ハガードさんのことは、お好きですか？」

夫人は、たった一回だけ、青い火花が飛び散るようにまばたいた。

ちょっと待ってから今度はこう言った。「ハガード夫人は好きですか？」

否定のまばたきは、獰猛に見えるほどだった。

「どうしてなんでしょう」彼はゆっくりと言った。だが、質問には聞こえなかった。

味方を見つけたという、あの感覚がよみがえった。これまでいちばん強烈だった。

「おしゃべりができたらなあ」彼はため息をついて、沈黙に戻った。

希望にみちた夫人の眼は、青年のうえにくぎ付けになった。

ヴェラが下りてきて、それからハガードが後に続いた。口論がはじまり、二人の声は表のポーチまでつつぬけになった。

「昨日の夜五十渡したじゃない！」彼女がどなる。「いいかげんにしなさいよ」

「おいおい、お小遣い制にしようってか？」

「だいたい、誰のお金だと思ってるの」

「俺がいなけりゃおまえは――」

「シッ！」という警告が聞こえた。「もうおばあさんひとりじゃないのよ」

突然の沈黙は、なによりも多くを物語っていた。ミラー夫人の眼は、ケイスメントの顔に向いていた。彼は、驚いた様子をまったく見せなかった。

ハガードが車を表に回した。ヴェラは出がけにケイスメントのほうを見ると、「やることはわかってるわよね」とだけ言い捨てて、車に乗り込んだ。二人は走り去った。

青年は、二人の車が並木道の向こう側に見えなくなる前に立ち上がり、家の中に入った。急ぎもせずこそこそしたところもなく、ただこれ以上先に延ばせない用事を片付けに行くという様子だった。

長い間出てこなかった。一つの部屋から次の部屋へと移動しているのが、物音からわかった。二階も一階も、すべての部屋を調べているようだった。ときおり、タンスを開け閉《た》てしたり、机のはね蓋《ぶた》をパタンと閉じる音が聞こえた。もし青年が、あの特別な説明のつかない信頼感を与えてくれていなかったら、主人の留守中に一仕事する空き巣だと思ったかもしれない。なぜかそういう考えは微塵《みじん》もうかばなかった。

一時間近くがすぎたころようやく、かすかに首を振りながら外に出てきた。夫人の横に腰をおろして、ポケットから細長い本を取り出す――小型の辞書だ。

「はい、いいえ以上のことを話し合う方法を、見つけないといけませんね」彼は囁いた。「あなたとお話がしたかったんです。この仕事は、そのためについたんです」

彼はポーチの柱と前庭ごしに、日当たりのいい通りを右から左まで見渡した。人影はなかった。上着のポケットからなにかを取り出した。最初、ミラー夫人は時計だと思った。だがそれは丸くなく、四角い盾の形をしていた。州章が刻印されている。彼は夫人に見せてから、またポケットにしまった。「ぼくは刑事なんです」彼は言った。「事件の直後に、通常勤務の一環として家の中を調べました。証言によれば、こういうことだった。ハガード夫人はガスのにおいで目を覚ました。ふらつきながらなんとか階下に下りて、玄関扉のガラスを割り、それから助けを求めて電話のところにいった。受話器を外したところで力尽きて倒れ、そこで発見された。

ところがです。交換台の人間にたまたま質問したところ、逆だったって言うんです。彼女は、ガラスの割れる音をはっきりと聞いた。そのときには、受話器はすでに外されていたんです。そうなると、ちょっと首をひねらざるを得ないじゃないですか。扉にはめ込まれていたのは、分厚いガラスだったんですよ。重い薪のせ台をぶつけて、ようやく割れた。電話口で助けてとすら言えないくらい弱っている人間が、そんな分厚いガラスをぶちやぶるなんて、どうやってできたんでしょう?

しかもですよ、その後ぐるりと向きを変えて、すでに受話器の外れている電話のところまで戻って、そこで倒れた。扉と電話のあいだにはけっこう長い廊下がある。なのに彼女は、玄関ではなく、ご存じのとおり電話のところで発見された。

おかしいとは思ったんですが、ふだんならそのままにしていたはずです。でも、彼女が入院していた病院に行って、持ち物を見せてもらったんです。すると、彼女が履いていたサテン地の寝室用スリッパの縁のところが、湿気で色あせていた。底には、湿った土と草切れがひとつくっついていました。ということは、気絶する前、外にいたということになります。それから中に入って扉を閉めた。その後で内側からガラスを割ったというわけです。

それらすべてにくわえて、隣近所の噂話が聞こえてきました。あの二人の結婚がいかに早かったかという話です。匿名の手紙さえ二、三通舞い込みましたよ。こんなことをお話しするのは、あなたに助けていただけると考えているからなんです。これまで出くわしたことがないくらい手ごわい仕事になるとは思いますが」

＊　＊　＊

夫人は、息が詰まりそうなほどになっていた。炎は天高く燃え上がり、彼女は最高の速度でまばたきをした――二回だった。

「なにか教えてくださるんですね？　すばらしい。ではいちばん知りたいことから尋ねます。息子さんは事故で亡くなったのですか？」

いいえ！

彼は長いあいだ夫人を見つめた。だがその眼に驚きはなく、ただ考えていたことが確認できたという表情だけがあった。辞書を開き、ある単語の下を親指の爪で押さえる。それを夫人にかかげて見せた。

「殺人」と読めた。

ええ。

「犯人は妻ですか？」口が少しこわばるように見えた。

夫人はしばらく考えた。いちど誤った道筋に誘いこんでしまえば、もう修正はきかない。半分正しい道筋だったとしても、間違っているのと変わらないのだ。

彼女は一度まばたいた。そしてすぐに、二度まばたいた。

「いいえ、そしてはい？　どういう意味なんです……？」そこで彼は理解した！　彼女の味方、ケイスメントは頭のいい青年だった。「妻と、もうひとり別の誰かですね？」

ええ。

「ハガードと息子さんの奥さんですね、もちろん」

ええ。

「でも――」と彼は確信なさげにいう。「彼女自身もガスにやられていた」

いいえ。

「やられていなかった?」

ええ。

「でも救命士の報告書は見ましたよ。直接話も聞きました。ヴェラは病院に担ぎ込まれたんです」

二人は、お昼までそのことで議論しつづけた。ミラー夫人は、ヴェラがガス中毒を装ったということについて、特に納得させたいとは考えていなかった。そもそも半分はほんとうに中毒状態だったわけで。それよりも、話をガスから先には進めたくないと強く願っていた。ガスマスクが介在《かいざい》したことを伝えたかったのだ。話がその先に流れてしまえば、どういう方法を使ったのか、彼にわからせる機会はもう二度と訪れないかもしれない。

午後には、裏のポーチでふたたびその問題に取り組んだ。「どうもわからないな。彼女は気絶しなかったと、なぜそうはっきり言いきれるんですか? あなたご自身は気を失ったじゃないですか。すみません。はいかいいえで答えられる質問じゃなきゃいけないのを忘れてました」

彼はしばらく頭をかかえていた。ポケットから、報告書や走り書きのたぐいを取り出して、すこしのあいだじっくりと眺めた。

「二人は同じ寝室で寝ていた。いまハガード夫妻が使っている部屋ですね。あなたがおっしゃるに、彼女は気絶しなかった。わかったぞ――彼女はうまく逃げた。汚れたスリッパを見てぼくが想像したままだ。ガスが漏れているあいだ外に避難して、息子さんが亡くなってから屋内に戻った。だから無事だった。そうでしょう?」

いいえ。

「そういう方法じゃなかった」

ええ。

「二階の別の部屋にいて、窓を開けていた?」

いいえ。

彼はすっかり混乱した様子だった。「彼女は、ガスが漏れているあいだ息子さんと同じ部屋にいたんですか?」

ええ。

行き詰まったケイスメントは、髪をかきむしった。夫人は、彼の手の上にある辞書に視線を集中させた。最大の宿敵のようににらみつけたのだ。

ついに、彼はその意味を受け取った。「ここになにかあるんですね。なるほど。でもどの単語なんです？」彼は力なく言った。

早く辞書を開いて。そうしないと、会話の流れを見失ってしまう。夫人は、その単語が辞書に載っているかどうかすら自信がなかった。載っているのなら、ＡＢＣ順でいくしかない……。

「いいでしょう。一週間かけてもいいんです。ヴェラは、息子さんが窒息しつつあるあいだ、同じ寝室にいた。あなたがおっしゃるに、彼女はガスにやられなかった。そして、ここにはあなたの知らせたい単語が載っている。寝室に関係していますか？」

いいえ。

「窓には？」

いいえ。

「ガスそのものには？」

ええ！　辞書を引き裂かんばかりの勢いで、彼はＧのページを開いた。

「ガス。出発点はここですね？」

まばたきするかわりに、今回ばかりは目を閉じた。

祈りを上げていたのだ。

質問を繰り出しながら、ページの上で指をすべらせていく。「ガス状の？」いいえ。「胃の《ガストリック》？」いいえ。「美食《ガストロノミー》？」いいえ。突然、彼の動きが止まった。わかったのね。ぱっと輝くようなよろこびが、青年の顔いっぱいに広がった。それを見ればあきらかだった。

「ガスマスクだ！　なんで思いつかなかったんだろう。考えてみればあたりまえのことなのに！」

夫人の頰を、うれし涙がこぼれ落ちた。

「ガスマスクを使って助かったんですね」

ええ。夫人は答えた。

「あなたにも使わせた？」

ええ。

「なかなか賢いやりくちですね。二人ともいっぺんに亡くなっては怪しすぎる。ヴェラは、マスクをどこから手に入れたんです。ハガードですか？」

ええ、と夫人は答える。

「あの夜、この家にいたんですか？」

いいえ。

「ますます賢いですね。でも、共犯であることにかわりはない」彼は、自分の椅子をぐいと夫人に近づけた。「二人は罰せられなければならない。そうでしょう、ミラーさん？　亡くなったのは、あなたの息子さんです」

ええ。答えははっきりしすぎていた。燃え上がる復讐の炎は、いまや火柱となって天高くそびえていた。

「二人が息子さんを殺したことを、あなたは知っている。いまやぼくも知っている。でも、もっとしっかりとした証拠が必要なんです。それにはガスマスクだ。二個のマスクほどたしかな証拠はない。すべては、ぼくがマスクを見つけられるかどうかにかかっている。あなたに被《かぶ》せられていたマスクは、救急隊員たちが到着する前にかたづけられていた。当然ですね。マスクを外されてからもしばらくの間は、あなたにも意識があったはずです。マスクをどうしたか見ましたか？」

ええ。

もちろん、厳密には見ていなかった。だが、答えは変わらない。なぜなら、二人がマスクをどうしようとしていたのか、あらかじめ耳にしていたからだ。

「よし」彼は熱っぽく息を吐き、拳《こぶし》を固めた。「困難をきわめるかもしれませんが、見つけるまでぜったいにあきらめませんよ。お疲れじゃないですか？」と、急に心配そうに尋ねた。「時間はいくらでもあるんです。一日にこんなに詰め込んで、あなたを疲れさせたくないんです」

疲れるだなんて！　復讐の炎は高くそびえ、真っ白に燃えさかっている。疲れなど微塵《みじん》もなかった。何時間でもつづけられる。いいえ、と彼女は合図した。

「わかりました。では、マスクの隠し場所についてです。手っ取り早くいきましょう。屋内のどこかに隠したんですか？」

いいえ。

「でしょうね。危険すぎる。家の外に隠したんですね？」

ええ。

「どこなのかわかりますか？」

ええ。

「でもなぜわかるんです？　あ、すみません。ええと、それは表か裏のポーチですか？」

いいえ。

「ガレージですか？」

夫人は、はいともいいえとも答えなかった。またしても彼を隘路《あいろ》に導き入れたくなかったのだ。へたをすると、彼は飛び出していってガレージ中をひっくりかえしはじめかねない。

「では、ガレージではないのですね？」

彼女は、依然として答えなかった。

「ガレージには返答なし。ガレージではないにも返答なし」彼は思い至った。神さま、賢い若者を創りたもうたことを感謝します。「車ですね？」

ええ。

「いま二人が乗っている車ですか？」

いいえ。

「あれは買い替えたものです。ぼくのメモに書いてある。前の車か。犯行のあとで二人の話を聞いたんですか？　それで知っているんですね？」

いいえ。

「その場で目にしたわけではない。あとで耳にしたわけでもない。ならば、事件のまえに二人が話すのを聞いたんですね？」

ええ。

彼の顔が輝いた。「それでわかった。だからあなたはそこまで事情に通じてるんですね。すごいぞ。連中は、聞かれたことに気づきましたか？」

ほんとうのことを伝えるのは危険だった。これまでの話の信憑性《しんぴょうせい》が薄れるかもしれない。いや、二人はいずれにせよあの日立てた計画から一ミリも逸脱《いつだつ》していない。

いいえ。それが夫人の答えだった。

「ヴェラは運転できない」二人が出かける様子を見てわかったのだろう。「ハガードが戻ってきて、マスクごと車を処理した。そうですね？」

夫人は答えない。

「なるほど。誰かを回収に寄こしたんだ。その誰かは、事情を知らない。で、人に見られない別の場所で、ハガードはマスクを取り出した」

ええ。

「ハガードはガレージと自動車修理工場を持ってましたね。結婚前まで」夫人への質問ではなかった。メモをくって確認したのだ。「やっぱりそうだ。クリフォード通りのエイジャックス・ガレージ&サーヴィス・ステーション。行ってじっくり調べてきます。マスクが手つかずということはないでしょう。でも、まだ完全には隠滅されていないはずです。一部分でも見つけられれば十分です。金属片でもなんでも、ガスマスクの部品だったとはっきりわかりさえすればね。あなたはすべて教えてくださいました。おかげさまで全貌がわかったんです。あとは、ぼくがこのマスクを見つけられるかどうかにかかっています」彼はノートと辞書をコートのポケットにしまった。「ミラーさん、二人はきっとつかまえますよ」やさしくそう約束すると、立ち上がった。

復讐の炎が、夫人の耳の中で歓声を上げていた。そのまなざしは、ケイスメントを見つめながらうるんでいた。彼にもその意味は伝わっているようだった。あまりに雄弁なまなざしだった。

「感謝は無用ですよ」彼はたしなめるようにささやいた。「これがぼくの仕事なんですから」

二日がすぎた。青年はこれまでどおりミラー夫人の世話をつづけた。調査は、仕事が終わったあと、夜間に進められているにちがいない。夫人はそう推測した。午前中に疲れはてたようすだったことが、幾度となくあった。そういうとき彼は、ポーチに座る夫人の傍らでうたた寝をするのだった。寝顔には、やさしい祝福のまなざしが向けられていた。

急ぐ必要はないわ。ゆっくりとあなたのペースで仕事をしてちょうだい。わたしの右腕、わたしの復讐の剣《つるぎ》さん。言葉を発することなく、夫人はそう力づけた。

ハガードとヴェラはますます家をあける時間が長くなっていた。おかげでおしゃべりの時間はいくらでもあった。だが、ケイスメントは捜査の進捗状況について話さなかった。うまくいっているのかどうか、表情から読み取るのも難しかった。夫人のまなざしは、いまや懇願するように彼にすがりついた。かつて、息子のヴァーンに向けられていたのと同じまなざしだった。

「知りたいんですね」とうとう彼が言った。「知りたくて気も狂わんばかりになっている。あなたをこれ以上ほうっておくのは、酷《こく》というものですね。その……いまのところはかばかしくありません。二人の車は、まだガレージにあります。中古車として売りにだされているんです。客のふりをして、車のすみからすみまで調べました。もちろんハガードがいないときにですよ。マスクはありませんでした。しかも、ガレージの従業員の誰ひとりとして、ハガードがマスクを持ち出す姿を見かけていない。それどころか、マスクそのものも見たことがない。ひとりひとりに自分で質問しましたから、この点はたしかです。ガレージ内はくまなく探しました。近隣の空き地にころがっているものもすべて集めて、灰やゴミや廃棄物をふるいにかけました。ハガードがここに越してくる前に住んでいた家も調べました。てがかりなしです」

青年は、話しながらポーチのうえを行ったり来たりとせわしなく歩きつづけた。

「運のいいやつらだ！」彼は吐き出すように言った。「ああいうものはかさばります。ぱっと空中に消えるはずがない。酸で溶かしたんだとしても、なにかは残るはずです。水中深くに沈めたわけでもない。やつの過去の行動をひとつひとつチェックしました。フェリーとかボートとか、あるいは港や橋の近くで目撃されたことはなかった。マスクはどこからやってきて、どこに消えたのか」

急に動きを止めて、夫人を見た。「それだ！」彼は叫んだ。「なんで気づかなかったんだろう。どこに消えたのかがわからなくても、どこからやってきたかはわかるかもしれない。反対方向にたどれば、うまくいくかもしれません。ああいうものは、そこらの雑貨屋で手に入るものじゃない。二人は、どこで手に入れたか話していましたか？」

ええ。彼女は熱心に答えた。

「購入したんですか？」

いいえ。

「誰かからもらった？」

いいえ。

「盗んだ?」

ええ。

「マスクの工場から?」

いいえ。

「陸軍の基地から?」

いいえ。

彼は頭をかく。「ほかにどこから、あんなものが手に入るんです? 友だちとか知り合いから?」

ええ。

「だとしても、誰なんです? そいつはどこで手に入れたんです?」

夫人は朝日をじっと見つめた。それから二回まばたきをして、彼の眼を見た。そしてもう一回同じことをしてから、さらにもう一回おなじことを繰り返した。

「わからないなあ。太陽? 太陽から手に入れた?」

今度は、太陽から少し視線を下げて、地平線との中間あたりを見つめる。「東?」近づいてきた。

ええ。

「でも、東海岸はここだ。あ……ヨーロッパですか？」

ええ。

「そうか。わかりましたよ。ヨーロッパから持ち帰ってきた人間から盗んだんだ」

ええ。

「いけるぞ！」彼は勢いこんで叫んだ。「これでたどり方がわかりました！　税関だ。ああいうものを持ち込む時には申告が必要です。いっぺんに何個も持ち込むなら特にね。申告書の記録が残っているはずだ。灰やらゴミの山の中に見つからなかったわけ・です。まだ戻していないなら、どこかに隠し持っていてチャンスをうかがっているにちがいない。気づかれないように戻そうとするはずです。それがやつにとって最善の策でしょう。すくなくとも手がかりがみつかりましたよ——間に合えばいいのですが！」

ほとんど真っ暗な部屋のなかで、電話が甲高く鳴り響いた。ケイスメントは袖をまくり上げ、腕時計を見る。十二時十五分前。電話は取らない。そのうちに、勝手に鳴り止んだ。誰がかけてきていたのかは、おおよそわかっていた——この家に残っている者がいないかどうか、確認するための電話だったのだ。もし取っていたとしたら、相手は無言のままカチャリと切っていたはずだ。そうなれば、彼の計画も失敗となる。「慎重なやつだな」彼はぶつぶつと独り言を言った。「いまごろ、ハミルトンの筆跡で書かれて、ボストンで投函されたあの絵はがきが届いているはずなのに」

無性にタバコが恋しかったが、いま吸うわけにはいかない。タバコの火のようなほんのちょっとしたものが窓から見えても、精密に組み上げたすべての段取りが台なしになる。この家には誰も住んでいないことになっているのだ。ここまで来るのが、どれほどたいへんだったことか。

ふたたび腕時計をちらりと見る。深夜十五分過ぎだ。三十分が過ぎた。

「そろそろだな」とつぶやく。

三十秒もせず、外を走る自動車の低いエンジン音が聞こえてきた。家の前にさしかかると、やや速度を落とす。だが、向きも変えず停車もしない。そのかわり、青白い街灯の下を幽霊のように、次の曲がり角へと走り去った。彼はそれを確認して、薄笑いを浮かべた。偵察をつづけながらこのブロックをぐるっと回って戻ってくる。次は停まるだろう。運転席にいる人間は、細心の注意を払っている。だが結局、いちばんしてはならないことをするだろう。この家に足を踏み入れるのだ。

対決は、あと一歩のところに迫っている。ケイスメントは、夕暮れ時から座り続けていたウィング・チェアからようやく立ち上がると、尻に挿《さ》してある拳銃に触れながらそっと廊下に出た。そして、階段裏の物置に身を隠した。

それと同時に、さきほどと同じ方向から家に接近する車輪のうなりが聞こえた。今回は停止した。しばらく静寂があってから、車の扉が開くカチリというくぐもった音がした。ひそやかな足音が聞こえて、鍵が回された。

それを聞いたケイスメントは、ひとりうなずいた。「やっぱりハミルトンの鍵を盗んでいたか。スペアキーを作ってから返したんだな。そもそもマスクを持ち出すときにも、スペアキーを使ったんだ」

扉が開き、玄関ホールの暗闇に、灰色の光が細く射し込んだ。階段裏にある物置の戸のわずかな隙間から、ケイスメントにはぼんやりとした人影が見えた。立ったまま、じっと耳を澄《す》ましている。手にはなにも持っていなかったが、それは問題ではなかった。ただ、きわめて用心深い人間であることを示しているにすぎない。

人影は扉を大きく開けた。それから身をかがめて、足下《あしもと》にたまった三日分の郵便物をあらためはじめた。ケイスメントが、郵便受けの下に注意深くばらまいた偽の手紙類だ。買っておいた牛乳の一クォート瓶もある。影は立ち上がり、あたりを見回した。

そして、扉を開いたままポーチから立ち去った。ケイスメントに動揺はない。身じろぎひとつしなかった。

しばらく待つと、ふたたびポーチがきしんだ。人影が戻ってきたのだ。片手には、小型スーツケースのような四角いものがあった。中に入って扉が閉まると、玄関は闇に閉ざされた。

足音が用心深く玄関ホールのカーペットの上を進み抜けて、階段へと向かった。上にはのぼらず、裏側へと回り込んでくる。人影は手探りで進んでいた。無人の家の中で、電灯を点けたり懐中電灯やマッチを使ったりしないだけの知恵はあるのだ。

ケイスメントのひそむ物置の扉が、静かに開いた。まだなにもおこらない。床に物の置かれる音。それから、スーツケースの掛け金の開けられる音が二回、カチッ、カチッとつづけて聞こえた。包み紙のガサガサいう音がしてから、なにかひっかかりのあるものが取り出されたようだった。

物置の壁にはフックが並んでいて、あまり使われないものがいろいろとひっかけられていた。ゴルフ・バッグ、ケースに入ったテニス・ラケット、そしてハミルトンが記念品としてヨーロッパから持ち帰ったガスマスクもそのひとつだった。

腕がのばされ、あいているフックを探した。ケイスメントは、ちょうどいいところに、なにもぶらさがっていないフックを二本用意していた。

相手は手触りでそれを探し当てた。腕が下りて、床からなにかカサカサいうものを持ち上げた。そのとき突然、狭い閉鎖空間の静寂にカチリという鋭い金属音が響いた。

底知れない恐怖のあえぎが聞こえ、なにかがドスンと床に落ちた。そして頭上の電灯が点くと、その空間を弱々しく照らし出した。

ハガードとケイスメントは、向き合ったまま立っていた。二人の間には、この家の住民の持ち物である大型トランクがひっくりかえっていた。ハガードは物置の外側に、刑事は内側にいる。だが二人はすでに、手錠によってしっかりとつながっていた。手錠の鋼の顎《あご》は、ハガードが手をのばす瞬間を、暗闇の中で罠《わな》のようにじっと待ちうけていたのだ。

オリーヴ色のガスマスクがハガードの足下に転がっていた。もうひとつは、まだ小型スーツケースの中にあった。

「いいぞ」ケイスメントが口にしたのはそれだけだった。「えらく時間と手間がかかったけど、これで報われた」視線を下ろし、スーツケースの取っ手にくくりつけられている厚紙の半券を見る。「なるほどそういうことか。偽名でこいつをどこかの手荷物預かり所に預《あず》けていたんだな。そうしておいて、ハミルトンが町を離れるのを待つ。その間を狙えば、見つからずにマスクを返しておけるからな。悪くない計画だ――うまくいっていればな」

空は青く、太陽が輝いている。ジャネット・ミラー夫人は表のポーチに座っていた。目の前には手錠をかけられた男女が立っている。心の中では、勝利の炎が天に届かんばかりに燃え上がっていた。

「お前たちはこの人の息子さんを殺害したんだ」ケイスメントが険しい顔で言った。「この人の眼を見ながら、ちがうといえるか?」

二人にはできなかった。ハガードは、夫人のまなざしを前にうなだれ、ヴェラは目をそらした。二人とも居心地悪そうに身じろぎした。

「この人にはまた会うだろう。いちばん重要な証人だからな――ハミルトンと二個のガスマスクという証拠もある。さあ、こいつらを連れて行くんだ」そう言いながら夫人の車椅子を回転させて、二人の連行されるようすが見えるようにした。

「あいつは昨日の夜、ハミルトンさんの家に現れた。ぼくにどうしてそれがわかったんだろうって考えているんでしょう?」夫人に言った。「かならず昨日の夜になるように、段取ってあったんです。ハミルトンさんに会って、事情をぜんぶ話しました。その上で協力の約束を取り付けました。彼はボストンに行き、そこからハガード宛に絵はがきを出す。それが一昨日のことで、そこには今日戻ると書いてあった。だから、ハガードにとっては昨夜が、マスクをこっそり返却する唯一のチャンスだったんです。ぼくは偽の郵便物を作って、郵便受けをいっぱいにしておきました。扉のところには牛乳瓶もおきました。やつはまんまとひっかかりました」

押し出しのいい白髪の男が家から出てきて、ケイスメントのところまでやってくると彼の肩に手をのせ、「よくやった」と言った。「見事に事件を解決したんだからな――しかもたったひとりで！」

ケイスメントはミラー夫人のほうに手を向けた。「ぼくはただの助手ですよ。感謝ならこの人にしてください。ミラーさんのお手柄なんです」

「裁判がはじまるまで、誰がミラーさんの面倒を見るんだ？」警部が尋ねた。

「それはもちろん、ミラーさんの家には、ぼくが住み込むのに充分な広さがありますからね」ケイスメントが答えた。

空は青く、太陽はあたたかかった。夫人の眼は彼を見つめて、やさしく輝いた。人生に欠かせない三つの生きがいが、また戻ってきたのだ。

ずっと誰も助けてくれない
という絶望に

〔口承文学棚〕

漁師と魔神との物語
（『千一夜物語』より）

〔佐藤正彰 訳〕

壺《つぼ》に閉じ込められた魔神の話です。

最初の百年は「おれを救い出してくれる者には、永久の富を与えてやろう」と思っていました。二百年目に入ったときには「地上のあらゆる宝物を与えてやろう」と思っていました。その後は「なんでも三つの願いをかなえてやろう」と思っていました。

でも、それでも誰も助けてくれないので……。

千一夜物語（せんいちやものがたり）
千夜一夜物語、アラビアンナイトとも呼ばれる。一人の作者が書いたものではなく、口承文学として広く語られていたもの。インド、ペルシアが起源で、8世紀後半にアラビア語に訳されたものが原形。18世紀に東洋学者のガランがフランス語に訳し、世界中で読まれるようになった。そのガラン版と、バートン版と、マルドリュス版の三つが特に有名。ここで訳されているのは、マルドリュス版の8冊本で、16冊本も参考にしてある。

するとシャハラザードは言った。

おお幸多き王さま、わたくしの聞き及びましたところでは、むかし一人の漁師で、たいそう年をとり、妻を持ち、三人の子をかかえて、非常に貧しい身分の男がおりました。

この男は一日に四度だけ網《あみ》を打ち、それ以上はけっしてしないことをならわしとしておりました。ところで日々のうちのある日、ちょうどお昼の時刻、この男は海辺に行って、魚籠《びく》を置き、網を投げ、網が水底に落ち着くまで、じっと待っておりました。さて、ひもをたぐり寄せてみましたが、網は非常に重く、なかなか手もとに引き寄せられません。そこで漁師は網の端を岸へ持って来て、それを、地に打ち込んだ棒杭に結えつけました。それから着物を脱いで、網の近くの水の中にもぐり込み、さんざんもがきつづけて、やっと網を引き出しました。漁師は悦《よろこ》んで、着物を着、さて網に近よってみますと、そこには死んだろばがかかっていたのでした。これをみた漁師はがっかりして、申しました、「至高全能のアッラーのほかには権力も力もない。」それからまた申しました、「だがまったく、アッラーは不思議なものをくださったものだ。」そして次の詩を誦《しょう》しました。

おお水にもぐる者よ、夜の暗闇のなか、滅亡《ほろび》のなかを、汝は盲目《めしい》のごとくさまよう。いざ、苦しき業《わざ》をやめよ。「福運」はうつり動くを好まざれば。

それから漁師は網をたぐりよせて、水を切りました。そして水を切り終わると、その網を広げました。それから水の中にはいって、「アッラーの御名《みな》において」と唱え、そして今一度網を水中に投げ込み、網が底に着くのを待ちました。それから、網を引き上げようとしましたが、網は非常に重く、最初のときよりもなお強く、水底にこびりついていました。ですから、漁師はこれは大きな魚だなと思いました。そこで、網を岸に結びつけ、着物を脱ぎ、水の中にもぐり込み、骨を折ったあげく、やっと網を引き上げたのです。そしてこれを岸辺へ運んで来ますと、中には泥と砂とがいっぱいつまった大きな土がめがかかっていました。これを見ると、漁師はたいそう嘆いて、数行の詩を誦しました。

おお運命の転変よ、やめよ。しかして、地上の人々を憐《あわ》れめよ。

悲しきかな。地上にては、功績にひとしく、行ないにふさわしき、なんらの酬《むく》いもあるなし。

いくたびか、われは家をいでて、すなおにも「福運」を求めぬ。さあれ、人はわれに教う、「福運」は死して久しと。

やんぬるかな、おお「福運」よ、かくて汝は、賢者を蔭《かげ》に追いやり、愚者をして世を支配せしむるか……。


次に漁師はそのかめを遠くに投げ出して、網をしぼり、きれいに掃除をして、立腹したことをアッラーにお詫《わ》び申し上げてから、三たび海へもどって行きました。漁師は網を投げ込み、網が水底に届くのを待ちました。そして、引き上げてみますと、こわれた壺《つぼ》やガラスのかけらがかかっていました。これを見て、漁師はまたある詩人の一句を誦しました。

おお「詩人」よ、「福運」の風は、汝《なんじ》のかたに吹くことたえてなかるべし。迂《う》闊《かつ》や、汝は知らずや、汝の葦《あし》の筆、文字のなだらかなる線も、汝を富ましむることたえてなかるべきを……。

そして天を仰《あお》いで叫びました、「アッラーさま、あなたさまはご存じでいらっしゃいましょう。私は網を四度しか打たぬことにしております。ところが、これでもう三度打ったのでございます。」そう言ってから、漁師はもう一度アッラーの御名《みな》を唱えて、網を海に投げ込み、それが水の底に落ち着くのを待ちました。ところが今度は、いくら一所懸命に引っ張っても、網は前よりもなお強く水底の岩にひっかかっていて、どうしてもうまく引き上げることができません。そこで漁師は叫びました、「アッラーのほかには力も権力もない。」そして着物を脱ぎ、網のすぐそばにもぐり込み、じょうずにあやつって網をはずし、とうとう陸にたぐり寄せてしまいました。さて網をあけてみますと、今度は、かけてもいず、そっくり元のままの、真鍮《しんちゆう》の大きな壺がかかっておりました。その口は、ダーウドの御子《おんこ》、われらの主スライマーンの、印璽《いんじ》の押し型のついた鉛《なまり》でもって、封《ふう》じてございました。これを見て漁師はたいそう悦んで、ひとり言を申しました、「これは金物屋の市場《スーク》で売り払えそうなしろものだぞ。安くとも確かに、十ディナール金貨にはなるだろうからな。」そこでこの壺を振ってみようとしましたが、重たすぎてどうにもならないので、またひとり言を申しました、「これはぜひとも、あけて中身を見てやらねばならんぞ。中身は袋の中に入れて、そのうえで壺を金物屋の市場《スーク》で売るとしよう。」そこで漁師は小刀を取り出して削り始め、とうとう鉛の封を取り去ってしまいました。それから中身を地上に出そうと、壺をひっくりかえして、ゆすぶってみました。ところが、壺からは何も出ないで、ただ一条の煙が立ちのぼって青空にまで上り、そして地面に広がっただけです。漁師はすっかりたまげてしまいました。そのうち煙が全部出きってしまうと、それは固まって、ゆらゆらと揺れ、やがて、頭は雲にとどき、足は砂煙の中を引きずっている、一人の鬼神《イフリート》になりました。この鬼神《イフリート》の頭は円屋根のようで、その両手は熊手のようで、その両足は帆柱のようで、その口は洞穴《ほらあな》のようで、その歯はつぶてのようで、その鼻は冷水びんのようで、その両眼は二本の松明《たいまつ》のようです。髪の毛はもじゃもじゃでほこりだらけです。この鬼神《イフリート》を見て、漁師は肝をつぶし、筋肉は震え、歯は激しく食いしばられ、唾液《つばき》はひあがり、目には光がはいらなくなりました。

漁師を見つけると、鬼神《イフリート》は叫びました、「アッラーのほかに他の神なし、スライマーンはアッラーの預言者なり。」そして漁師に向かって、申しました、「おお偉大なるスライマーンさま、アッラーの預言者よ、私を殺さないでください。これからはもうけっしてあなたさまに逆らわず、ご命令にそむきませんから。」すると、漁師は申しました、「おお、神にそむく不敵な巨人よ、おまえは大胆にも、スライマーンがアッラーの預言者だと言うのかい。そのうえ、スライマーンはもう千八百年も前に死んでしまって、今はすでに末の世じゃないか。いったいそれはなんの話だ。おまえは何を言ってるのだ。またなんだって、おまえはこんな壺の中にはいっていたのだ。」この言葉を聞いて、魔神《ジンニー》は漁師に言いました、「アッラーのほかに神なし。おお漁師よ、きさまに一ついいことを聞かせてやろう。」漁師は言いました、「何を聞かせてくれるのだ。」魔神《ジンニー》は答えました、「きさまの死をさ。しかも、たちどころに、いちばん無残な死に方をするのだ。」漁師は答えました、「おお、鬼神《アフアリート》たちの副王よ、そんな知らせを聞かせるようじゃ、天はもうおまえをかばってはくださるまいぞ。どうか、天はおまえをわしらから遠ざけてくださるように。いったいなんだっておまえは、わしを殺そうと言うのだ。またわしは殺されるだけの何をしたのか。わしはおまえを壺から出して進ぜた、長いこと海の中に沈んでいたのを助け出して、陸に連れてきてやったのじゃないか。」すると鬼神《イフリート》は言いました、「きさまの好きな死に方と、いちばんいい殺されぐあいを、とくと考えて選ぶがよいぞ。」漁師は言いました、「いったいわしがどんな罪を犯したというので、そんな罰に会うのじゃろう。」鬼神《イフリート》は言いました、

「おお漁師よ、おれの身の上話を聞くがよい。」漁師は言いました、「聞きましょう、だが手短かに頼む。どうなることかと気が気でなく、わしの魂はもう足の先から脱け出しそうじゃ。」鬼神《イフリート》は申しました。

「聞け、おれは叛逆の魔神《ジンニー》だ。おれはむかし、ダーウドの子スライマーンにそむいたものだ。おれの名はサクル・エル・ジンニーという。さて、スライマーンはその大臣《ワジール》、バルキイヤの子アセフをおれのところにつかわした。おれはさからったが、ついに引っ立てられて、スライマーンの御手のあいだに連れて行かれてしまった。そこでおれの鼻もそのときは大いに低くなったものだ。おれを見ると、スライマーンはアッラーに誓言なさり、おれに、その宗教を奉じて自分の下に服従しろと、厳命なされた。だが、おれははねつけた。するとスライマーンはこの壺を取り寄せて、おれをその中に閉じこめたのだ。それから鉛で封をして、その上に『至高者』の御名を刻んだ。それから忠実な魔神《ジン》たちに命令をくだすと、やつらはおれを肩にかついで、海のどまん中に投げ込んだ。おれは海の底に百年いた。さて、おれは心の中でこう思った、『おれを救い出してくれる者には、永久の富を与えてやろう。』だが、その百年は過ぎて、だれ一人おれを救い出してはくれなかった。二度目の百年にはいったとき、おれは考えた、『おれを救い出してくれる者には、地のあらゆる宝物をたずね出してくれてやろう。』だが、だれもおれを救い出してくれぬ。こうして四百年過ぎたのだ。そこでおれは考えた、『おれを救い出してくれる者には、なんでも三つの願いをかなえてやろう。』だが、だれもおれを救い出してはくれぬのだ。そこでおれはひどく腹を立てて、魂の中でこう言った、『今となっては、おれを救い出すやつを殺してやろう。だがそいつに、死に方を選ぶことを許してやるとしよう。』おお漁師よ、きさまが来ておれを救い出したのは、ちょうどこのときだったのだ。それで、おれはきさまに死にようを選ぶことを許してやるわけだ。」

この鬼神《イフリート》の言葉を聞いて、漁師は申しました、「おおアッラー、なんという途方もないことだろう。これを救い出すのが、ちょうどこのわしでなければならなかったとは。おお鬼神《イフリート》よ、わしを勘弁してくだされ。さすれば、アッラーはおまえにお報いくださることじゃろう。だが、もしおまえがわしを亡きものにするならば、アッラーはどなたかを下して、こんどはおまえを亡きものになさるじゃろう。」すると鬼神《イフリート》は言いました、「だが、おれがきさまを殺そうというのは、ほかでもない、きさまがおれを救い出したからなのだ。」そこで漁師は言いました、「おお鬼神《アファリート》たちの長老《シャイクー》よ、おまえさんは、そんなふうにしてわしに、善に報いるに悪をもってするのか。」しかし鬼神《イフリート》は言いました、「つべこべ言うのはもうたくさんだ。よいか、おれはどうあろうとも、きさまを殺さねばならぬ。」そこで漁師は心中に思いました、「わしはただの人間にすぎぬが、相手は魔神《ジンニー》だ。だがわしはアッラーからしっかりした分別を授かっている。ひとつ工夫をめぐらして、こいつをやっつけてやろう、知恵をしぼってはかりごとをかけてやろう。そのうえで、こいつはこいつで、そのこざかしい悪知恵でもって、何をたくらめるものか見てやろう。」そこで漁師は鬼神《イフリート》に言いました、「おまえさんはどうでもわしを殺す気か。」鬼神《イフリート》は答えました、「知れたことだ。」そこで漁師は言いました、「スライマーンの封印の上に刻みつけてある『至高者』の御名にかけて、どうかわしの尋ねることに嘘偽りなく答えてくだされ。」鬼神《イフリート》は「至高者」の御名ということを聞くと、非常に感動し、また非常に心をうたれて答えました、「尋ねるがいい。おれは嘘偽りなく答えてやるわ。」そこで漁師は申しました、「こんな、おまえさんの足か手が、やっとはいるくらいのこの壺に、どうしておまえさんのからだが、全部そっくりはいれたのだろう。」鬼神《イフリート》は言いました、「ははあ、それが不審だと言うのか。」漁師は答えました、「まったくのところ、おまえさんが壺の中にはいるのを、わしのこの目で見ないうちは、わしにはどうしても信じられない。」

――けれどもこのとき、シャハラザードは朝の光が射して来るのを見て、つつましく、口をつぐんだ。するとシャハリヤール王は心の中で言った、「いかにも、この物語はまったくもって不思議千万だ。されば、まずこの終りまで待つとして、それから、わが大臣《ワジール》のこの娘をば、ほかの娘どもにしたとおりにしてやろう。」

そして第四夜になると

彼女は言った。

おお幸多き王さま、わたくしの聞き及びましたところでは、漁師が鬼神《イフリート》に向かって、「おまえさんが壺にはいるのを、わしのこの目で見ないうちは、おまえさんの言うことは、わしにはどうしても信じられない。」と申しますと、鬼神《イフリート》は身もだえをし、からだを揺すぶって、ふたたび空にまでのぼる一条の煙となり、それが固まって少しずつ壺の中にはいり始め、とうとう全部がすっかり納まってしまいました。すると漁師はすばやく、スライマーンの印璽の押してある鉛のふたを取り上げ、それでもって壺の口をふさいでしまいました。それから鬼神《イフリート》に呼びかけて、言いました、「さあ、どんな死にざまできさまは死にたいか、とくと考えて思案しろ。さもなくば、きさまを海に投げこんでやるぞ。そしてわしは岸辺に自分の家を建て、ここではだれにも漁をさせないようにして、こう言ってやる、この場所には鬼神《イフリート》がいる、鬼神《イフリート》は救い出されると、救い主を殺そうとして、そしていろいろな種類の殺し方をあげて、その人に選ばせるのだ、とな。」鬼神《イフリート》は漁師の言葉を聞いて、外へ出ようとしてみましたが、出られません。そこで、スライマーンの印璽で上から封じられてしまったことが、わかりました。つまり漁師が、魔神《アファアリート》たちの中でいちばん弱いものでも、いちばん強いものでも、どうにもならない牢屋の内に、自分を閉じこめてしまったことをさとりました。そして漁師が自分を海のほうへと運んでいることがわかったので、言いました、「よしてくれ、よしてくれ。」すると漁師は言いました、「だめ、だめ。」すると魔神《ジンニー》は言葉を和《やわ》らげ始め、降参して申しました、「おお漁師さん、おれをいったいどうするつもりなんだい。」漁師は言いました、「海に投げこんでやるまでさ。というのは、おまえが海の底に千八百年いたというのならば、わしはおまえを、審判のときが来るまで沈めておくことにする。だいたいわしはさっき、わしを助けてくれればアッラーもおまえを助けてくださろうし、わしを殺さなければアッラーもおまえをお殺しにはなるまいからと言って、頼んだじゃないか。それをおまえは、わしの頼みも聞き入れないで、無道なやり方をした。じゃによって、アッラーはおまえをわしの手に引き渡されたのじゃ。だから、わしはおまえをだましたところで、ちっともうしろ暗いことはないぞ。」すると鬼神《イフリート》は言いました、「壺をあけてくれ。お礼はどっさりあげるから。」漁師は答えました、「おお、呪われたやつめ、嘘をつけ。それにおまえとわしとのあいだは、ちょうどイウナン王の大臣《ワジール》と医師ルイアンとのあいだに起こったことそのままじゃ。」

すると鬼神《イフリート》は言いました、「だが、イウナン王の大臣《ワジール》と医師ルイアンというのはなんだ。またそれはどういう話だね。」

＊ここから「イウナン王の大臣と医師ルイアンの物語」が始まりますが、本書ではここまでとさせていただきます。

人生の選択肢が限られている
という絶望に

［現代文学棚］
鞄《かばん》
安部公房

人生にはさまざまな選択肢があります。選択次第で、人生は変わっていきます。みんなはどの道でも自由に選べるのに、自分にはごく限られた選択肢しかない。目標に到達するために道を選ぶどころか、進める道を進む以外にどうしようもない。どこに到達するのかもわからない。

そんなふうに感じたことのある人は、この物語をどう思うでしょうか？

安部公房（あべ・こうぼう）

1924－1993　小説家、劇作家、演出家。東京大学医学部卒。『壁』で芥川賞を受賞。『砂の女』で読売文学賞、フランスの最優秀外国文学賞を受賞。戯曲『友達』で谷崎潤一郎賞、『緑色のストッキング』で読売文学賞を受賞するなど、受賞多数。演劇集団「安部公房スタジオ」を結成し、独自の演劇活動を展開。アメリカ芸術科学アカデミー名誉会員に選出されるなど、海外での評価も高く、世界三十数か国で翻訳出版されている。

雨の中を濡れてきて、そのままずっと乾くまで歩きつづけた、といった感じのくたびれた服装で、しかし眼もとが明るく、けっこう正直そうな印象を与える青年が、私の事務所に現れた。新聞の求人広告を見たというのである。

なるほど、求人広告を出したのは事実である。しかし、その広告というのが、なにぶん半年以上も前のことなのだ。今頃になって、ぬけぬけと応募してくるというのは、いくらなんでも非常識すぎる。まるで採用されないために、今日まで応募を引延したと言わんばかりではないか。

呆《あき》れてものも言えないでいる私を尻目に、

「やはり、駄目でしたか。」

と、むしろほっと肩の荷をおろした感じで、来たときと同じ唐突さで引返しかけるのだ。はぐらかされた私は、ついあわてて引留めにかかっていた。

「まあ、待ちなさい。私だってこだわるのが当然だろう。なぜ半年も前の求人広告に、いまさら応募する気になったのかな。そこの所を、納得できるように説明してもらいたいね。納得できさえすれば、それでけっこう。ちょうど欠員が出来て、新規に補充も考えていた矢先だし、考慮の余地はあるんだよ。いったい、どういう事だったのかな。」

「さんざん迷ったあげく、一種の消去法と言いますか、けっきょくここしかないことが分ったわけです。」

言い方によっては、かなり思わせぶりになりかねない口上を、青年はさりげなく言ってのけ、私も妙に素直な気持になっていた。

「具体的に言ってごらんよ。」

「この鞄《かばん》のせいでしょうね。」と、相手は足元に置いた、職探しに持ち歩くにはいささか不似合いな――赤ん坊の死体なら、無理をすれば三つくらいは押し込めそうな――大きすぎる鞄に視線を落し、「ぼくの体力とバランスがとれすぎているんです。ただ歩いている分には、楽に搬《はこ》べるのですが、ちょっとでも急な坂だとか階段のある道にさしかかると、もう駄目なんです。おかげで、選ぶことの出来る道が、おのずから制約されてしまうわけですね。鞄の重さが、ぼくの行先を決めてしまうのです。」

私はいささか気勢をそがれ、

「すると、鞄を持たずにいれば、かならずしもうちの社でなくてもよかったわけか。」

「鞄を手放すなんて、そんな、あり得ない仮説を立ててみても始まらないでしょう。」

「手から離したからって、べつに爆発するわけじゃないんだろう。」

「もちろんです。ほら、今だってちゃんと手から離して床に置いている。」

「分らないね。なぜそんな無理してまで、鞄を持ち歩く必要があるのか……」

「無理なんかしていません。あくまで自発的にやっている事です。やめようと思えば、いつだってやめられるからこそ、やめないのです。強制されてこんな馬鹿なことが出来るものですか。」

「うちで採用してあげられなかったら、どうするつもり。」

「振出しに戻ってから、またあらためてお願いに上ることになるでしょうね。地形に変化でも起きないかぎり……」

「しかし、君の体力に変化がおきるとか、鞄の重さに変化がおきて、ぜんぜん歩けなくなるとか、宅地造成で新しい道を選べるようになるとかすれば……」

「そんなにぼくを雇いたくないんですか。」

「可能性を論じているだけさ。君だって、もっと自由な立場で職選びが出来れば、それに越したことはないだろう。」

「この鞄のことは、誰よりもぼくが一番よく知っています。」

「なんなら、しばらく、あずかってみてあげようか。」

「まさか、そんなあつかましいこと……」

「なかみは何なの。」

「大したものじゃありません。」

「口外をはばかられるようなものかな。」

「つまらない物ばかりです。」

「金額にしたら、いくらぐらいになるの。」

「べつに貴重品だから、肌身離さずってわけじゃありません。」

「しかし、知らない人間が見たら、どう思うかな。君はそう、腕っ節の強い方でもなさそうだし、ひったくりや強盗に目をつけられたら、お手上げだろう。」

青年は小さく笑った。私の額に開いた穴をとおして、何処《どこ》か遠くの風景でも見ているような、年寄じみた笑いだった。笑っただけで、べつに返事はしなかった。

「ま、いいだろう。」私も負けずに、声をたてて笑い、額に手をあてがって相手の視線を押し戻し、「べつに言い負かされたわけじゃないが、君の立場も、なんとなく分るような気がするな。一応、働いてもらうことにしよう。それにしても、その鞄は大きすぎる。君を雇っても、鞄を雇うわけじゃないんだから、事務所への持込みだけは遠慮してもらいたい。その条件でよかったら、今日からでも仕事を始めてもらいたいんだが、どうだろう。」

「けっこうです。」

「勤務中、鞄は何処に置いておくつもり。」

「下宿が決まったら、下宿に置いておきます。」

「大丈夫かい。」

「どういう意味ですか。」

「下宿から、ここまで、鞄なしで辿《たど》り着けるかな。身軽になりすぎて、途中で脱線したりするんじゃないのかい。」

「下宿と勤め先の間なんて道のうちには入りませんよ。」

青年はやっと、表情にふさわしい爽やかな笑い声をたて、私もほっと肩の荷を下した思いだった。知合いの周旋屋に電話で紹介してやると、彼はさっそく下見に出向いて行った。ごく自然に、当然のなりゆきとして、後に例の鞄が残された。

なんということもなしに、鞄を持上げてみた。ずっしり腕にこたえた。こたえたが、持てないほどではなかった。ためしに、二、三歩、歩いてみた。もっと歩けそうだった。

しばらく歩きつづけると、さすがに肩にこたえはじめた。それでもまだ、我慢できないほどではなかった。ところが、急に腰骨の間に背骨がめり込む音がして、そうなるともう一歩も進めない。気がつくと、何時《いつ》の間にやら私は事務所を出て、急な上り坂にさしかかっているのだった。方向転換すると、また歩けはじめた。そのまま事務所に引返すつもりだったが、どうもうまくいかない。いくら道順を思い浮べてみても、ふだんはまるで意識しなかった、坂や石段にさえぎられ、ずたずたに寸断されて使いものにならないのだ。やむを得ず、とにかく歩ける方向に歩いてみるしかなかった。そのうち、何処を歩いているのか、よく分らなくなってしまった。

べつに不安は感じなかった。ちゃんと鞄が私を導いてくれている。私は、ためらうことなく、何処までもただ歩きつづけていればよかった。選ぶ道がなければ、迷うこともない。私は嫌になるほど自由だった。

恨みの晴らしようがないという絶望に

［韓国文学棚］

虫の話

李清俊（イ・チョンジュン）

［斎藤真理子 新訳］

子供の誘拐の話が出てきますが、それが本題ではありません。
宗教の話が出てきますが、宗教だけの話ではありません。
恨《うら》みと許しの物語です。
「人を恨み続けるより、許したほうが、自分のためだ」とよく言われます。
この物語の主人公も、苦悩の末、相手を許そうとします。ところが……!
大変に衝撃を受けた作品です。

李清俊(イ・チョンジュン)
1939－2008 韓国・全羅南道長興生まれ。ソウル大学独文科卒業後、65年にデビュー。韓国を代表する作家の一人として多数の作品を残した。『李清俊全集』全31巻がある。受賞歴多数。現在日本語で読めるのは『あなたたちの天国』(姜信子訳、みすず書房)、『隠れた指 虫物語』(文春琴訳、菁柿堂)、『韓国の現代文学1長編小説』所収の『自由の門』(李銀沢訳、柏書房)

妻は、息子のアラムの突然の家出が誘拐によるものだと確実になった後も、しばらくの間は自分を保とうとして懸命に耐えていた。ひょっとしたら無事に帰ってくるのではという切実な願いと、ついに不幸が起きてしまう前に何としてでもあの子を探し出してみせようという、母親らしい執念と祈りのおかげだっただろう。

昨年の五月初めのある日、アラムは学校から帰ってくる時間をはるかに過ぎても帰宅しなかった。

その一か月あまり前に小学四年生になったばかりだったあの子は、学校から帰るとまっすぐ、商店街にあるそろばん塾に通っていた。私たちの意志で行かせていたのではなく、本人が好きで通っていたのだ。

母親が四十歳近くなって授かったあの子は、片脚が不自由だったこともあってか、幼いときから人並み外れておとなしかった。おとなしいという程度を越えて、本音を隠しているのではないかと思わせるくらい弱々しく、物静かだった。小さいときから家の外では全然遊ばず、近所の子どもたちともつきあおうとしなかった。一人ぼっちで家にこもって、何にも染まらずに成長した。一人でいるとき特に何かに熱中するということもない。趣味らしいものもなく、一人寂しく子どもらしくない毎日を過ごしていた。それとともに動作や言葉遣いまでおとなしく、用心深かった。

小学校に入学してからも変わりはなかった。生まれて以来ずっと脚のことで心配してきた私たち夫婦はもちろん、担任の先生も格別に注意してくれていたが、変化の兆しはなかった。友だちと親しくつきあったり、特定の科目に関心を示すようすもまったくない。これといった趣味はないが、成績は全体として上の部に属していたので、やるべきことはこなす子だったとはいえる。

ところが昨年春、四年生に上がってからのことだ。それまではどんな特別活動にも関心がなかったあの子が、誰が勧めたわけでもないのに、新しくできた珠算クラスに自分から進んで入ったのだ。そして適性があったのか、ずいぶん熱心に取り組んでいたらしい。学校から帰ってくると家でもずっとそろばんを抱えていたし、そのうち、近くの商店街にあるそろばん塾に通わせてくれと言いだした。そして、下校すると昼ごはんもそこそこのあわただしさでそろばん塾に向かっていた。

いずれにせよ私たちは喜んでいた。珠算がうまいかどうかはどうでもよかったし、素質を見きわめようとも思っていなかった。何であれ息子が興味の持てることを見つけて頑張っているのは幸運なことだったから、私たちはとても満足していたのだ。

しかしその日は、今までになくあの子の帰りが遅かった。塾へ行く時間が過ぎても帰ってくる気配がない。薬局で一緒に働いていた妻が母屋との間を何度も行き来したが、どちらにも何の連絡も来ていないということだった。遅れるという電話も来なかった。それに、そろばん塾に遅刻してまでどこかで友だちと遊ぶような子でもない。

——今日は学校で何か遅くなるようなことがあったのかな？

——でなければ、遅れそうになって、家に寄らずに先に塾に行ったのか。

そんなこともちろん、今まではなかった。学校から帰って塾に行くまでには一時間ぐらいの余裕があるが、どんなに遅くてもアラムがその一時間を過ぎたことはない。塾は学校からの帰り道にあったが、先に塾に行くとは考えられない。しかし、ついに塾が始まる時間になっても連絡がないとあっては、こう考えるしかなかった——学校で何か特別なことがあって遅刻しそうになり、先に塾に行ったのだろうと……。私たちは不安に襲われたが、まさか悪いことが起きたのではないだろうという気持ちで、早く塾が終わるのを待った。

しかし実のところ、それはあまりにも的外れな期待だった。

塾が終わる時間が過ぎてもアラムの消息はまったくつかめなかった。むしろ塾の方から店に、アラムの欠席について問い合わせがあった。

――私はアラム君をお預かりしているそろばん塾の塾長です……アラム君、今まで一度もお休みをしたことがなかったのに、今日は来なかったのですが……。

明らかに、学校で何かあったのだ。今となってはそう考えるしかなかった。私たちはすぐに学校に連絡した。しかし学校でも、特に変わったことはなかったという。いつも通り定時に授業が終わり、子どもたちはみな下校したというのである。

――終礼時に席をはずしている子もいませんでした。アラム君も終礼に出て、すぐにおうちに帰ったはずですよ。

そのときまで退勤せずにいた担任の先生の言葉である。そして先生は、同級生の家にもちょっと聞いてみるのでもう少しお待ち下さいと言った。

しかし、しばらくしてかかってきた担任の電話は、不吉な予感がどんどん大きくなるような内容だった。

――アラム君にはやっぱり、一緒に遊ぶような友だちはまだいないんですよ。同級生たちと一緒に校門を出たことははっきりしていますが、その後アラム君を見かけた子はいないんです。

そして先生は、アラムはとても内気なので、最近、新しく興味のあることができたり、新しい友だちができてどこかで会っていたりするが、それを誰にも知らせていないのかもしれないから、まあ待ってみましょうと言うのだった。まさか変なことが起きたわけではないでしょう、明日になっても何もわからなかったらまた同級生たちに聞いてみますからと、はっきりしないことを言った末に電話を切ってしまった。

この一件は明らかに、学校と家の間で起きた異変である。しかも、担任の言うようにぼんやりと時が過ぎるのを待っていては、解決の糸口もつかめそうにない異変だ。

案の定、息子は日が暮れても帰ってこなかった。

私たちは早めに薬局を閉め、派出所に捜索願を出しに行った。

しかし派出所にしても、特に対策があるわけではなかった。

――小学四年生にもなっていれば簡単に誘拐されるはずもないですし……もしかして、地域の不良にでもつかまっているんじゃないですか。でもまあ、あまり心配することはありませんよ、不良のいたずらなら金品をとりあげてすぐに帰しますからね。学校と町の不良たちを取り締まって調べてやるから、一晩待ってみろというのである。

こうなっては、ほかに選択肢がない。不安のただ中で待つしかなかった。私たちは眠れない一夜を明かした。

夜が明けてもやはり息子からは何の連絡もない。始業時間に合わせて学校にかけつけたが、そこに息子が現れるはずもなく、同級生の中にもアラムの行方《ゆくえ》を知っている子はいなかった……。


アラムはこうしてある日突然、通学路で謎のように消えてしまった。

家でも学校でも大騒ぎになったことはいうまでもない。

だがそれは、騒いで解決できることではなかった。驚きと当惑と心配と絶望が混じった、地獄のような待ち時間が何日も過ぎ、改めて事態の深刻さを悟った私たちは、ありったけの知恵を動員し、慎重に綿密に息子の足跡を追いはじめた。私たちは薬局をすっかり閉め、息子の足が向きそうなところをくまなく調べ上げた。同級生の周辺はもちろんのこと、近くや遠くの親せきの家とも漏れなく連絡をとり、学校の近所や町の一帯にも人探しの広告を何度も貼って息子の帰りを待ちわびた。学校でも子どもたちが「アラム探し運動」をくり広げた。そのおかげで、当初はもうちょっと待ってみろなどと生ぬるいことを言ってずるずると日を引き延ばしていた警察も、本格的な捜査に乗り出した。その上アラムのそろばん塾の塾長まで、息子の捜索活動の先頭に立ってくれるほどだった。

しかしこれらすべての人々の努力にもかかわらず、依然としてアラムの消息はまったく不明だった。一週間が過ぎ、二週間が過ぎても、何の糸口もつかめない。自分の意志で家出したのならそろそろ疲れて帰ってくるころだが、息子からは何の連絡もない。アラムが自分の意志で出ていったとは考えにくかった。あの子はひどく内にこもる気質ではあったが、まさかそんなことをする理由はないし、そんな度胸のある子でもない。何らかの理由で拉致・誘拐された可能性がだんだん濃くなっていった。私たちに恨みを持っていそうな者は周囲にいなかったが、金品目的の拉致なら怨恨は関係ないはずである。

薬局の商売はかなりうまくいっており、それは町じゅうでよく知られているので、狙われる可能性はあった。私たちは初めからそのことを頭において、ひそかにある種の連絡を待ちもしたのである。息子の捜索に当たっても、仮想上の犯人（それが本当に縁起でもない空想に終わってくれたなら！）の神経を刺激しないよう、私たちなりにたいへんな注意を払っていた。一、二度、仮想の犯人に向けて〝要求〟を引き出すような新聞広告を出すことまでやった。

だが、事件が知れわたりすぎたせいなのか、こちらの動きが収まるのを待っているのか、またはすべてをあきらめてしっぽをつかまれないように隠れてしまったのか、目に見えない犯人からは連絡も要求も一切なかった。そのことが私たちをいっそう不安にさせた。犯人がタイミングを見はからっているならまだいいが、何もかも断念してしまったのなら、ますます絶望的な想像しか湧いてこない。

けれども私たちは耐えるしかなかった。どんなに不吉な予感に耐えてでも、私たちは息子を探し出さなければならなかった。そして希望を失ってはならなかった。この、何があっても息子を探し出してみせるという粘り強い希望と祈りこそ、妻（今ここに私まで含めたところで何になろう）にとって最大で最強の力だったからだ。それこそ、このような惨事の中でも倒れることなく悲劇に耐え抜く力の源であり、そのおかげで妻はまだ自分を支えることができたのだから。そして彼女は、アラムへの世間の関心が薄れた後も少しも失望したようすを見せず、いっそう粘り強い意志力を発揮していた。

実際には、一か月過ぎてもアラムの消息はまったく闇に包まれたままだった。そうなると世の常で、人々の関心は徐々にアラムから離れていく。警察の士気も薄れてきたようだったし、学校での動きも、やるべきことはやりつくしたというように鎮静化していった。それまでに一、二回記事を載せてくれた新聞や放送局ももう助けてくれない。人々はアラムの誘拐を、不幸な未解決事件として既成事実化してしまったかのようだった。

だが妻は、何があっても揺らがなかった。いや、世間の関心が薄れれば薄れるほど妻は覚悟を新たにし、人生のすべてをこれに賭けるとでもいうように、息子の捜索に全力を傾けた。薬局はずっと閉めたままで、昼も夜も四方を駆けずり回った。手段も方法も選ばなかった。妻はあちこちの新聞社を訪ねては助けを求め、放送局の呼びかけ番組のようなものにも出て、目に見えない犯人に向かって、どんな要求でも甘んじて受け入れる覚悟だから息子だけは無事に帰してくれと懇願した。周辺のさまざまな学校の校門近くでアラムの写真と特徴を書いたチラシも配ったし、駅やバス停、人通りの多い四つ角などに立って通行人に訴えかけたりもした。それだけではない。息子の事件が次第に五里霧中となり解決の見込みが薄れていくと、妻はわが国の女性たちがずっとそうしてきたように寺参りをし、息子の前途を照らして守って下さるようにとろうそくを灯して供養をした。寺だけではなく、宗派を問わず教会に行き（妻は信者ではなかったのだが）、息子のための献金を惜しまなかった。

ともあれ妻はこのようなさまざまな方法で、息子のために真心のすべてを尽くして努力した。それは父親である私でさえ驚嘆し、感動せずにいられないほどだった。ほんとうのことをいえば、私はいつからか最悪の結果を覚悟していた。時が過ぎるにつれて事態を悲観的に見るしかなくなり、身も心も疲れはててしまったのである。私はついに絶望の中で、最悪の結果に備えるべきだと思うようになった。

けれども私は、妻の前ではそんなことは絶対に漏らさなかった。妻の執念と希望があまりに強かったためである。息子を探し出せようと探し出せまいと、そんな気配は一切感じさせてはならない。たとえ息子が見つからなかったとしても、その超人的な努力は妻自身のためになっていたし、必要なことでもあったから。妻が倒れずにもちこたえていられるのは、希望と執念のおかげなのだ。私は妻とともに息子の健在を信じ、希望と勇気を振り絞らなくてはならなかった。

しかし妻の粘り強い執念と努力も、ついにすべて空しいものとなってしまった。私が漠然と想像していた通り、最悪の結果が判明したのだ。アラムが消えてからちょうど二か月と二十日たった七月二十二日の夕刻のことである。この日アラムは、家から遠くないあのそろばん塾のそばにある二階建ての建物の地下室の床下から、むごい死体となって発見されたのだ。

2

息子の身体はすでに腐敗がひどく、まともに見分けがつかないほどだった。

だが、手足を後ろで縛られ、口には手拭いでさるぐつわをかまされたまま埋められた姿から、誘拐殺人であることを疑う余地はもうなかった。

残されたのは、いまや仮想ではなく現実となった誘拐犯人を捕まえることだけである。事件の輪郭が明らかになった今、犯人逮捕は時間の問題と見えた。何より、死体の発見場所が犯人の人物像特定に決定的な手がかりを提供してくれるはずだった。

息子の死体が発見された建物の周囲は、今年に入って都市再開発事業が始まった地域で、そのためこの一帯では春の早いうちから家を空け渡して一人、二人と人が出ていった。犯行現場の可能性があるこの建物からも、四月末ごろ（後の調査で確認されたことだが、それはアラムの失踪直前だった）にすでに人が立ち退いていた。犯人がアラムを拉致してそこに隠し、しばらく様子を窺《うかが》っていたことははっきりしている。そうこうするうち、思い通りにはいかないと悟り、息子を殺害して埋めたに違いない。犯人のあきらめが早すぎたのか、または私たちが、初めのころにまさかと思って見逃した上、この一帯に空き家が多すぎたために注意が行き届かなかったからか。警察も捜査したし、私たちも何度となくその周辺を探し回ったにもかかわらず、その気配にすら気づけなかったのは異様というしかなかった。

ともあれ、アラムは三か月近くもこの建物の真っ暗な地下室のコンクリートの床下に埋められ、建物の撤去作業が始まったために哀れな姿を現したのだった。六月も末になってやっと住民の退去が完了し、建物の取り壊しが始まったためである。また、犯人の予想（おそらく地下室はそのまま埋め立てられてしまうだろうという）に反して、一人のまじめなクレーン車の運転士が地下室のコンクリートの床下まで掘り返したためだった。

犯人の追跡捜査は自然と、建物を中心とする再開発区域の商店街と隣接地域の住民を中心に進行した。建物の所有者や近隣の人々はもちろん、商店街を通る人たちも一度は警察の取り調べを受けなければならなかった。中でも、アラムが通っていたそろばん塾の塾長、キム・ドソプ先生が容疑者の最有力候補として浮上することは避けられなかった。事件は金品目的の誘拐・殺害の線が濃く、だとすれば犯人は、わが家の事情をある程度知っているか、小学四年生なりの分別があってても安心してついていくような顔見知りである可能性が高い。そろばん塾の塾長はそれらの条件をすべて備えていた。その上、この塾もやはり再開発事業区域内にある建物を借りていたので、一帯の事情に明るいのは当然である。アラムが失踪した日に問い合わせの電話をくれたことも、疑おうとすればまったくの偶然とは思えず、また彼がしばらくの間、率先してアラムの捜索のために出歩いていた熱意にも、少々不自然に感じられるところがあった。

彼には、誰よりも有力な容疑者の嫌疑がかけられていた。警察はその方向で心証を固めたらしく、彼を執拗に追及していた。問題はほとんど彼の決心一つにかかっているように思えた。彼さえ心を決めれば、真相はすっかり明らかになるはずである。息子の死体が発見されてからまた活発に捜査を始めた警察側も、私たち（妻と私、そして隣人や親戚たちまで）も、ほとんど皆がそう思った。そして、彼がすべてをあきらめて事実を打ち明けることだけをひたすら待っていた。

それは根拠のない速断ではなかった。結果として事件は私たちの予想通りに解決を迎えた。キム・ドソプ塾長は、緻密で執拗な警察の追及に耐えきれず、ついに自分の犯行であることを認めたのだった。

だが、事件の成り行きについてはこのぐらいにとどめておこう。この物語は、息子が犠牲になった無残な事件の顚末を語ることが目的ではなく（どこの鈍感で残忍な父親が、こんな形で不憫な息子の犠牲を思い起こそうとするだろうか。それは私にとってわが子がもう一度死ぬような苦痛である）、アラムに続くもう一人の犠牲者である妻の物語だからだ。また、犯人が捕まり、事件の顛末が明らかになっても、彼女にとっては何一つ結着がついたことにはならなかったからだ。何より、妻の犠牲を語るには、どんな苦痛や呪いを覚悟してでも私の証言が必要だからである。

では犯人が明らかになった後、妻はいったいどうなったのか。いやそれよりも、息子がとうとうむごたらしい死体となって現れたとき、妻は息子と自分自身のために何をすることができただろうか。

いうまでもなくアラムの悲惨な死は、妻にとって世界の終わりを意味した。それは奈落の底に落ちるような絶望と、息も止まりそうな苦痛の瞬間だった。妻はほとんど人事不省状態で何日かを過ごした。何度か一瞬意識を失ったこともあるし、目を覚ましているときも正気を失ったようにぼんやりして、一人で泣いたり笑ったりしながら空しく倒れているだけだった。

だが、絶望と自虐に浸っていたのは幸いにも、その何日かだけだった。何日かすると妻は絶望の泥沼から再び自分を取り戻し、立ち上がった。そして、息子が失踪したときと同じようにしっかりと耐えて、恐ろしいほどの意志力を発揮し始めた。だがこんどのそれは希望と祈りではなく、恨みと憤怒と、復讐への執念に支えられていた。

　ここで初めて述べることだが、アラムの失踪が確実になったときに妻が気を確かにもって再起することができたのは、隣人のキムさんのおかげだった。うちの薬局から二、三軒目のところにふとん屋を出しており、教会で執事（信徒代表の役員）を務めているキムおばさん――当初の動機は違っていたとはいえ、この人の勧めが不思議な方法で、妻を絶望から素早く助け起こしたのである。

　――私たちの救世主、イエス様のところにいらっしゃい。そしてあの方の愛におすがりなさい。主《しゅ》はあらゆる苦しむ者の重荷をともに担《にな》って下さいます。すべての傷ついた魂と痛みを分かち合って下さり、愛によって癒やして下さいます。奥さんの魂は今、とても一人では耐えられない大きな大きな傷を負っているのよ。あなた一人では絶対に、そんな重荷を耐え忍ぶことはできないわ……。

　キムさんの慰めと勧めは、だいたいそのようなものだった。それが妻には思った以上の不思議な効果を表したのである。もちろん、キムさんが妻に入信を勧めたのはそのときが初めてではなかった。ふとん屋の仕事に劣らず教会の務めにも常に熱心だったキムさんは、アラムの事件が起きる前もよく店を訪ねてきては、妻に入信を勧めていた。

——奥さん、奥さんも信仰をお持ちなさい。人が生きていく上で、信じるものを持つことほど大切なことはないわ。信じる心のない生活は偽の生活よ、操り人形みたいなものだわ。信仰を持ったら、人間も生活もすべてが新しく生まれ変わるのよ。

だが妻は、何度言われても耳すら貸そうとしなかった。

妻より五歳ほど年長のキムさんはそれでもまったく残念そうな様子を見せず、粘り強く妻を訪ねてきては言うのだった。

——まあ見っててごらんなさい、私、いつか必ず奥さんを主のみもとにお導きしますから。奥さんだって苦しみや悩みに胸を痛めるようなことに出会わないとは限らないわ。あなたにもいつかきっと、主のお力が必要になるときが来るわ。そのときにはきっと……。

そんな機会を待っているかのように、意味ありげに言い続けたものである。別に悪意があるわけではないので、妻も何気なく聞き流してきたというわけだ。

ところが彼女の予言通り、息子の事件が起きてしまったのだ。

息子が失踪するとキムさんはただちに、だから言ったではありませんかとでもいうように、待っていたかのように妻のもとにかけつけてきた。そして、あれこれと見舞いのことばを述べたすえに、改めて入信を勧めた。

——どうぞ、主にすがって下さい。主は、奥さんのように苦しみや悩みに心を患っている人々と痛みを共にするため、その重荷を軽くするために、愛によってこの世に来られた方ですよ。こんなときだからこそ主のみもとに進み出て、限りない愛のふところに辛い魂をゆだねてごらんなさい。

妻の心はいつにもまして切迫していたのだろう。

——神さまはすべてのことをあらかじめ知っていらっしゃるのでしょう？　そして、すべてのことをご自分の意のままになさる力をお持ちなのでしょう？

妻は珍しく話に乗り、哀願するようにキムさんに問いかけた。キムさんは少しのためらいもなく言いきった。

——神さまは全知全能、宇宙の万物をつかさどるお方です。イエスさまはその方のひとり子です。

——では、神さまはうちの子が今どうしているのかもご存じなのですよね？

——ご存じなだけではありませんよ。アラムは今、神さまの愛によって見守られているのです。だからあまり悩みすぎずに、まずは神さまの前に歩み出て、神さまに依《よ》り頼む決意をなさいませ。

——神さまはアラムを無事に帰して下さるのでしょうか？

——神さまのご意志さえそうならばね……でもそれを願う前に、あなたがまず神さまに信じる心を捧げなくてはなりませんよ。神さまは常にそれを待っていらっしゃるんですもの。

妻を慰めるためでもあったろうが、やりきれなさと焦燥に苦しむ彼女に対して、キムさんの答えは断言に近かった。

それでとうとう妻の心も動かされたらしい。息子さえ見つけ出せるなら地獄の業火の中にさえ飛び込みかねない妻だ。神だろうと藁《わら》くずだろうと、何かにすがりたかったただろう。そうでなくともお寺にろうそくを奉納して回っていたのだから。

妻はついに心を決め、キムさんに従った。

三、四週間の間、礼拝の時間に行っては祈りを捧げ、献金もしてきた。お寺のときと同じく、それは分不相応に高額な献金だった。

だがそれはもちろん、継続的な信仰生活に入るという決意の表れではなかった。息子を見つけ出したい一心の、切実な願望の表れにすぎなかった。寺で願かけをしたのと同様、息子を探すための行為にすぎなかったのだ。

神もそんな妻の内心を知っていらしたのか、彼女の望みをかなえてはくれなかった。

惜しみない献金にもかかわらず息子はやはり帰ってこなかった。そしてついには、とてつもない悲劇的な最期が明らかになってしまったのである。

もはや妻は、主の力も愛も信じなかった。残ったのは恨みだけだった。今となっては、愛も恨みもどうでもよく、神さまのことを考える暇などなかった。息子のむごたらしい死体を見てからの妻はしばらくの間、何もかも失ったように自ら地獄の闇の中にさまよいこんでいた。

キムさんもそんな妻の様子に配慮したのだろう、しばらくはまったく姿を見せなかった。だが息子の死体が発見されて一週間あまりたったある日、彼女はまた妻に会いに来た。そしていつものように主の力を借りて、妻の苦痛をやわらげようとした。だがこの日に限っては、頭を抱えて臥せっていた妻の耳にキムさんのそんな慰めの言葉は届かなかった。妻は最初、キムさんが来たことに気づく気配さえなかった。誰が来て何を言おうと、ただぼんやりと天井を見つめていたのだ。キムさんもあえてそんな妻の様子には触れず、心のこもった慰めの言葉をかけた。

――奥さんの心がどんなに痛いことか、辛いことか、想像するだけでもたまらないわ。でもそんなときこそ心を任せておすがりするものが必要なのではないかしら。今は難しいでしょうけれど、そうであればあるほど、心の扉を固く閉ざしてしまわず、そうっと開けておくように努めてみて下さいね。そして心が痛むときには、痛む心の奥底に、主を深く、深く受け入れる努力をしてみて下さいな。そうすれば心がぐっと楽になりますよ……。

キムさんの説得に真心がこもっていたためか、それによって固く閉ざされていた妻の心の目が開いたのか、何を語りかけても魂が抜けたように天井ばかり見ていた妻の目にやがて、理由のわからない涙がにじみ出て、やがていっぱいに満ちた。妻は久々に正気に返ったようだった。しかし彼女はゆっくりと頭を横に振った。

——何もかも無駄なことです。神さまの愛も嘘。神さまが本当に全知全能ならば、なぜ私たちのアラムをあんな目にあわせたの。あんな小さい子に何の罪があって……神さまの愛がそんなに大きいなら、初めからあんなことが起きないようにして下さるべきだったでしょう。

あきらめと恨みに満ちた、胸の痛む訴えだった。だが妻としては、久々に気を取り直したような声だったのである。

キムさんはこの言葉に勇気を得たように説得を続けた。

——奥さん、そんなふうに主を恨んではいけません。心に恨みを抱いていたら、ご自分が辛くなっていく一方よ。今のあなたには無理な注文かもしれないけれど、それでも辛いときこそ心を素直に持って、主の愛を受け入れて下さい。主の愛と、その霊妙な摂理には、私たち人間の知恵では想像もつかないものがあるのよ。今回奥さんが経験したことは、人間の目で見たらただただ悲しいばかりだけれど、そこにどんな摂理があるのか、私たちには測り知ることができないんですもの。主の愛と摂理と力を信じたら、それによってアラムが救われるのですよ。アラムに今回起きたことはひょっとすると、私たちには理解できないもっと大きな愛をお恵みになるための神のご意志かもしれないんですから。そういうことだってありうるのですわ、主がご自分の愛のために、誰よりも先にアラムをお呼び寄せになったということだって……。

まさにこの瞬間だった。キムさんの言葉が度を越していたのかもしれないし、または妻が、胸を締めつける恨みと呪いをどうしても抑えられなかったのかもしれない。妻はその瞬間いきなり床を蹴るようにして立ち上がると座り直した。そして目の前にいる神にくってかからんばかりに、キムさんに向かって叫びはじめた。

――いいえ、神さまは何もわかっていないのよ。神さまがそんなに全知全能な方なら、アラムをあんな目にあわせた殺人鬼をまだ隠しておかれるはずがないわ。アラムはこうして死んでしまったのに、犯人は捕まらないじゃありませんか。神さまが本当にすべてをご存じなら、なぜ、そいつのことを教えて下さらないの。知っていてわざと隠していらっしゃるんですか。それなら、神さまは犯人の一味みたいなものだわ。神さまは何もかもご存じで、あの子をこんな目にあわせたんですか。初めからそいつと手を組んで、こんなことをお考えになったんですか。

それは恨みの爆発だった。本人にもどうしようもない恨みと憤りの吐露であった。見つかったのは息子の死体だけで、犯人は捕まっておらず、妻は絶望と悲嘆のどん底で、犯人の顔を見たいと望んでいたのだから。

だから、胸を痛めつけている恨みと復讐心がこの程度の爆発で収まるはずはなかった。

——神さまなんて知らないわ、殺人鬼について教えてもくれない神さまなんて。愛も摂理もみんな絵空事です。神さまより先に私が捕まえるわ。私が、地獄の火の中まで追いかけて、そいつの首をつかんで引っ張ってくるわ。

このようにして妻は、神への激しい恨みの果てに犯人への復讐心を燃やすことで、この何日かの絶望と悲嘆の泥沼からようやく自力で立ち上がった。そしてその日から人が変わったように、犯人の追跡に向けて超人的な意志力を発揮しはじめた。

キムさんの意図とは違っていたものの、ともあれ彼女のおかげで妻は再び自分自身を立て直したのだった。そう思えばこの憤怒と呪詛と復讐心こそ、妻が耐え抜いていく上で最も重要な、神の愛や摂理より力強く、ありがたい本能だったのかもしれない。

3

妻はしばらくの間そのようにして、恐ろしい復讐心を燃やしながら、犯人を捕まえることに熱中していた。

しかし彼女にはついに、復讐心を満たす機会も、それを解消する機会も与えられなかった。それは犯人が捕まらないためではなかった。

犯人は頭脳犯であり、最初からちゃんと手を打っていたので、アラムの死体が発見された後もそう簡単に正体が明らかになることはなかった。また、そろばん塾の塾長の事件当日のアリバイはほぼ完ぺきだった。しかも彼は息子の失踪後に捜索の先頭に立つほど狡猾《こうかつ》で大胆な曲者である。

アラムの死体が見つかる三週間ほど前の六月下旬、そろばん塾が借りていた建物も都市再開発事業の対象に指定されたため、キム・ドソプはこの町を離れた。以来、彼はたかをくっていたに違いない。だが、先にも言ったとおり彼は最初から有力容疑者の一人であり、後には真犯人であることが明らかになる人物である。彼はついに、妻の母親らしい直感と警察の執拗な追跡をかわすことができなかった。そして警察は彼の自白と、それにもとづく充分な物証を確保するに至った。

だが、こうして犯人が捕まっても妻の怨念が晴れることはなかったのである。妻は犯人逮捕では満足せず、自分の手でその目をえぐり、生き肝を抜いて食いちぎってやりたいと望んでいた。息子がされた通りのことを、つまり手首を後ろ手に縛って地下室に閉じ込め、首を絞め、地の底に埋めてやりたがっていた。

もちろん、当局が妻に復讐の機会を許すわけがない。犯行を自白したその瞬間から、彼の身柄は妻の報復を避けて当局に保護されることになった。そして、息子の死とは直接関係のない人たちが犯行の目的やその経過を追及し、裁判で彼の死を決定し、頑丈なれんが造りの建物に彼を送り込んでしまった。

妻は結局、恨みと復讐心を向けるべき対象を失ってしまったわけである。煮えくり返るような復讐心を抱えたままの妻にできたのはせいぜい、捜査の過程で彼を非道な殺人者としてぎりぎりまで追い詰めることと、公判の過程で彼を呪い、気を失って倒れてしまうことぐらいだった。

怨念が晴れるはずはなかった。

しかし今思えば、その方が良かったのかもしれない。なぜなら、妻の胸に復讐の炎が残っている限り、気丈に自分を保つことはできていたからだ。妻の最後の、そしてほんとうの不幸は、このすさまじい復讐心が消えたところに芽生えたのである。

当時の私はもちろん、そのことにまったく気づかなかった。そして妻も同じだったことは明らかだ。

妻は復讐心を噛みしめながら一日一日を送っていた。犯人は遠くにいたが、まだ復讐の対象が完全に消え去ったわけではなかった。自分の罪の重さを理解していたキム・ドソプは一審判決を受け入れて控訴を放棄し、事実上確定死刑囚として運命の日を待つだけの身となっていたが、当局がなぜか彼の刑の執行を急がなかったためである。

理由が何であれ、妻にとっては依然として、復讐の対象は残っていた。そして彼女は今や、一日も早く絞首刑が執行され、奴が地獄に落ちる日を切実に待っていた。しかし一方では、自分の手で奴の肉体を切り裂き、地獄の炎に投げ入れたいと望んでいた。そんなとき妻は、奴の刑が執行されてしまうことを恐れるほどだった。

こうして妻は、まるで見物人に腹を立てながら鉄柵のために何もできずにいる檻の中の猛獣のように、内なる復讐心のせいでいてもたってもいられないありさまだった。同時に、それでもまだけなげにもちこたえていた。さらに、そんな妻を配慮してくれたかのように、当局が刑執行を急ぐ気配はいまだになかった。

そして、ようやく季節が秋に変わった十月初旬ごろのことだ。妻のあまりの様子を見かねてか、キムさんがまた妻のところへやってくるようになった。そして、心の底からの信仰に支えられた彼女は、心身の安定をはかるようにと妻に懇願した。

——奥さん、どうぞ心をお鎮《しず》めになってね。そしてあの人への恨みと憎しみを減らしていけるようになさって下さいね。奥さんは今、まともな状態ではないわ。奥さんの痛恨の思いは私でも想像がつきますけれど、だからといってあなたがあの人を直接どうこうできるわけではなし、あの人はもう、放っておいても自分の罪の代価を支払うことになるのですから。恨んだり憤ったりしていてはあなたの心が傷つくだけですよ、これではあなたまでだめになってしまうわ。

キムさんは、キム・ドソプの罪に対する人間の裁きはもう終わったと言うのだった。残されたのは神の審判だけだ。したがって、妻が今やるべきことは、彼を恨んだり呪ったりすることではなく、神にすべてを任せることだ、そして理性を取り戻し、心身の安定をはかるべきである、さらに、できることなら彼を許し、同情すべきだというのだった。

——それは単にあの人のためだけではないのですよ。あの人より、奥さんのためになることなのです。そしてかわいそうなアラムの魂のためでもありますわ。アラムの霊魂と奥さん自身のためにも、あの人をそんなに深く恨まないで。そして心を安らかに保つよう努力してごらんなさい。そうやってできるだけの努力をなされば、きっと主が助けて下さいます。

人間にはそもそも、どんな場合であっても他人を裁く権利はない。最後に人間に審判を下せるのはただ神お一人のみであり、人間にはただ、人を許す義務しか与えられていない。それに逆らって人間が自ら人を恨み、裁くときには、恨みと裁きは逆に自分に返ってくるのだとキムさんは言った。

妻はそのときも、初めのうちは説得に全く耳を貸さなかった。人には最初から他人を裁く権利がないのだから、可能なら彼を許すべきだと言われたときには、かっとなって食ってかかりさえした。

だがキムさんは気にも留めなかった。今こそ自分の導きが必要だという確信のためだろうか、彼女の説得はいつも以上に粘り強く、真心に満ちていた。私から見ても妻には助けが必要だった。恨みと復讐心でいっぱいになった妻は、どう見ても正常ではない。アラムの死体が発見されて以来のすさまじい絶望の中でも妻がここまでもちこたえられたのは恨みと復讐心という毒のおかげだった。その意味でこれらは必要な毒であり、本能的な生命力の源泉といえただろう。しかしそれはあくまで臨時の方便で、正常な生命力とはいえなかった。妻だっていつまでもそんなものに頼って生きていけるはずがない。それは正常な人間の生き方とはいえないだろう。妻は我に返らなくてはならなかった。いつかは息子のことを忘れ、自分を破壊するような恨みと復讐心から抜け出さなくてはならない。そして、困難な中でもまっとうな日常生活に耐えられるよう、自分自身を励まさなければならないのだ。

キムさんの忠告は間違っていなかった。今の妻には、キムさんが言う人間の権利とその限界というテーマに耳を傾けることが必要だった。私から見ても妻は、キムさんと主にすがることが大いに必要だと思えたから、そうするようにと心から勧めたのである。また、二人そろって教会に通って下さいというキムさんの提案に対しては、まずは妻が望ましい道へのお導きを受けられればありがたいと答えた。

はたして、キムさんと私のどちらが妻の心を動かしたのだろうか。キムさんの説得と私の勧めがしばらく続いた後、妻はある日、何を思ったか意外なほどおとなしく気を取り直してキムさんについていった。そしてそのときから、驚くべき情熱によって礼拝と祈禱に明け暮れる日々が始まった。

だがそれも、妻の本心から湧き出た信仰心ではなかった。妻自身の心の平和を得るためとか、耐えしのぶ力や勇気を得るためではなかった。まして犯人への憎悪を抑え、彼を許すためではなかった。人の心がそんなに急に変わるはずもない。

実際には、妻は息子の霊魂が救われるために教会に行くようになったのだった。望みも祈りもすべて、息子が来世で救われますようにということばかりだった。家でも教会でも（たぶん、明らかに！）、息子の永遠の命と来世での幸福だけを祈っていた。そして息子の霊魂のために献金することで心を支えていた。

だが私は、そんな妻をたしなめるつもりはなかった。動機が何であれ、妻は今、また教会に通えるようになった。それこそが大事なことである。こうやってしばらく教会に通っているうちに、ほんものの信仰心が根づくこともあるだろう。そして心の傷を洗い流し、昔の自分に戻ることもできるだろう。

キムさんも内心それを期待していた。だから彼女の狂信的な行動も見て見ぬふりをしてやりすごしていた。そして、誠実に、忍耐強く、彼女をほんものの信仰に導こうと努力し続けていた。

私たちの期待は空しいものではなかった。

妻は徐々に、主の真の愛に目を開きはじめたようだった。そして、主の愛の中で息子が救われることを確信したらしい。

恨みも呪いもしだいにやわらぐ気配を見せていた。それとともに、何事につけても心がおだやかになり、以前の自分を取り戻していった。

ついには、主の愛に自分を任せて、自ら感謝の涙を流すことまであった。

――主よ、感謝します……その愛とお恵みに感謝いたします。

妻自身も自分に変化が起きていることを意識したらしい。主への感謝の言葉を口癖のように唱えるようになった。そのときの私の気持ちを何といったらいいだろうか。大変な苦労をして食事の膳《ぜん》を整えたら、子どもたちから「父なる神よ、今日も尊く美味しい賜物をありがとうございます」式のお祈りを聞かされた父親の気分とでもいうのか、妻が盛んに感謝の祈りを唱えるのは、それまで息子と妻のためにすべてを捧げてきた私にとっては、軽く裏切られた感じがするほどだった。

だとしても、私たちの喜びは言いようもなかった。妻の信仰と自己回復は妻だけでなく、私にとっても心の深い傷を癒やし、悪夢から抜け出す機会になるはずだった。少なくとも私は妻の変化に、そんな希望を感じることができた。

だが、妻の変化に寄せる希望と期待の大きさは、信仰の導き手であるキムさんの方が上だったかもしれない。キムさんは勇気を得たように、妻の信仰心をさらに励ました。キムさんは、今こそ一歩踏み出して罪人を許すこともできるはずだと妻を説得した。人間にはもともと他人を裁く権利もないのだし、何よりもまず、主をお迎えするためには心をすっかり空っぽにしなくてはならない。恨みや憎しみが少しでも心に残っていれば、主の愛とお恵みを受け入れる余地がそれだけ狭くなるのだから、というわけだ。だから、彼を徐々に許していくことによってあらゆる怨恨、憤怒、憎悪、呪詛を根絶やしにし、主の栄光をお迎えしなさいというのだった。妻にとっては今こそが、恵みに満ちたチャンスなのだと。

——主の奥深い摂理の歴史を、私たち人間はとうてい推《お》し量《はか》ることができません。アラムの悲しく不幸な事故がその母親に主をお迎えする恩寵《おんちょう》の機会を与えて下さるなんて誰にわかったでしょう。すべては、このような栄光とお恵みを準備して下さる主の、私たちを鍛錬《たんれん》し、受け入れようとする愛の試練にほかならなかったのですよ。私たちはむしろ喜んでこれを受け入れ、耐えねばなりません。それほどに奥深い主の摂理と愛の歴史の前で、アラムの霊魂が救われたことをどうして信じずにいられましょう。罪人をきっぱりと許しておしまいなさいよ。それが間違いなく主の御心であり、主の喜びでもあるのですから。

キムさんは、アラムは救われたと断言し、犯人を許すようにとこんこんと説得した。それも一、二度のことではない。説得は暇さえあれば粘り強く続けられた。そして妻の方にも次第に、それだけの心の余裕ができたのだろうか。ほんものの信仰が芽を出し、育ってきたようだった。

妻の言葉も表情もますます優しくなっていった。生活もある程度正常軌道に戻った。犯人の裁判が終わるころから私はまた薬局を開けていたのだが、いつからか妻はときに店番をすることさえあった。何よりも心が穏やかになり、落ち着いてきたようだった。犯人への恨みや呪詛《じゅそ》を口にすることはほとんどない。やがて妻はある日、まるで長い眠りから醒《さ》めたような顔で静かに私に尋ねた。

――あの人……あの気の毒な人……まだ死刑が執行されていないんですよね……。

それは妻もはっきり知っているはずだったのが、まるで執行されていないことが幸運だというような口ぶりだった。

妻はついに、キムさんの期待どおり彼を許せるようになったのだ。まだ許したわけではなくとも、進んで彼を許さなければならない、許したいと思っていることは明らかだった。あの、呪われた一年がほとんど暮れようとしていた十二月中旬――アラムの惨死からまる七か月あまり後のことだった。そして犯人キム・ドソプの死刑が確定し、妻が再びキムさんの導きによって教会に通いはじめてからおよそ二か月目のことだった。

4

人間には人間だけが歩むべき道があり、人間であれば歩むしかない道があるようだ。そして、人間としてできることとできないこととは別ものであるらしい。

妻が犯人キム・ドソプを許せるようになったのは、誰よりも妻自身のために幸いなことだった。しかしそれは、彼女自身が心の中で思っていれば充分なことだった。それ以上のことは妻には必要ないし、望んでもいけないことだった。それさえ望まなければ妻は少なくとも、自分自身の救いにつながる道を歩むことはできただろうに。

だが妻は、甲斐のない欲を持ってしまった。それが最後の悲劇を呼んだ。ほかでもなく妻は、唐突に許しの証を求めた。しかも、今まで恨みと復讐心の対象だった犯人にそれを求めようとしたのである。

——私、一度刑務所に面会に行ってあの人に会ってみるわ。

許しを考えはじめてから十日ほどたったころ、当時は毎日薬局に出て働いていた彼女は急にそう言った。それは、心の中で彼に与えた許しにかなりの確信を持っている証拠だった。また、この間、自分なりに思考を重ねてきたことがうかがえる口ぶりでもあった。妻はそれによって、しっかりと心の整理をする契機をつかみたかったらしい。彼を訪ねて直接自分の許しを伝え、確認させてやることで、心を浄らかに安らかにしたいというのだ。一言でいって、自分が確かに許したという証拠を彼から得たかったのだ。

それは妻のためにも死刑囚のためにも役立つことなのかもしれない。しかし私はなぜか、快く同意を示す気になれなかった。どこか行きすぎている感じがしたからだ。この過剰さは、逆に不安を覚えさせた。

——そうかな、おまえがそこまでやる必要があるだろうか。心で彼を許してやればそれでいいんじゃないか、おまえだって聖者ではあるまいし……。

私は漠然と妻を引きとめた。だが一度言いだした妻は、そう簡単に考えを変えようとしなかった。まるでそれが、主を正しくお迎えするためには避けて通れない心の負債でもあるかのように、絶対に耐えてやりとげねばならない課題であるかのように。日が経つにつれて、妻の心はそちらへ向かってしっかりと固まっていった。実のところ妻は、自分自身で確信できる何かによって自分を縛らずにはいられなかったのかもしれない。

だとすれば、私の同意は初めからあまり関係ない。妻が私にそのことを話したのも、議論のためではなかっただろう。妻の議論の真の相手は私ではなくキムさんだった。私にその意志をほのめかしたときから、妻はキムさんと議論をしてきたようだった。

ある日キムさんが妻に内緒で薬局へそっと私を訪ねてきた。彼女が今までになく私だけに会いに来たのは、今回は彼女も内心、かなり自信をなくしているという証拠だった。案の定キムさんは、妻はまだ心が揺れているようだと言った。

——このことは何分、ご主人とも相談すべきだろうと思いましてね。奥さんの心はどこかまだぐらついているようなので、予想外のショックを受けることもあるのではないかと思うのです。

しかしキムさんは敬虔《けいけん》な信者らしく、確信を持っていた。彼女は、そうであってもこれは、妻にとっては避けられない大切な山場ではないだろうかと言い、私に同意を求めた。

——奥さんにはこのような自己確信というか、自分を信じるためのきっかけが必要な面があります。変なことにならないように、私も一緒についていってお手伝いするつもりです。私が行ってそばにいてあげれば困ったことにはならないでしょう。そして、改めてショックを受けるようなことがなければ、自分の許しに対する確信までは持てなくとも、害になることもないと思いますよ。先生さえよろしいと言って下されば、私が一度機会を作ってみます。私だけでは難しいとなれば、うちの牧師さまの力をお借りすることもできますから。

私としては、ただの気分で漠然と反対することはできなかった。妻をここまで導いてくる上では誰よりもキムさんの助けが大きかったのだし、それが妻に必要な山場だというならば、こんどのこともすべてキムさんに任せて従うしかない。

——何とぞよろしく。執事さんを信じます。

相変らず一抹《いちまつ》の危惧《きぐ》は拭《ぬぐ》えなかったのだが、私はそう決定してしまった。いずれにせよ、妻のことについてはキムさんの判断が常に正しかったのだし、今や彼女に寄せる妻の信頼は絶対的なものに見えたからである。

だが後で思えば、それは軽率で安易な考えだった。妻の気持ちも、人間の意志の限界というものも理解していない、無責任な対応だった。当初キムさんが自信をなくしているように見えた通り、今回は彼女の決定がとんでもない結果を生んでしまったのだ。一抹のいやな予感は、無残な現実となって現れた。

妻の面会の機会は意外にたやすく整った。キムさんが、自分の教会の牧師の協力を得て何日かあちこちの関係機関を回っていたようだが、とくに支障なく面会できる運びとなった。そして妻はいよいよ、キムさんの仲立ちで、死刑囚キム・ドソプの面会に出かけることになった。ちょうどクリスマスムードが頂点に達した十二月二十三日のことだった。

それが、妻の最後の破局への道だった。

死刑囚キム・ドソプの面会に行ってからというもの、妻にとっては再びすべてが虚無と化した。妻はまたもや熱病患者のように頭を抱えて床につき、魂が抜けた呆けた目をしてひとり苦しみもがいた。それまでに受けた癒しの効果もすべて水の泡となり、惨憺《さんたん》たる絶望がぶり返した。それでも、ここまですがってきた信仰という一すじの糸を手放すことはできなかったらしく、以前のような呪いや復讐心、憤怒の感情は見られない。ただ茫然と自分を失ったまま、底なしの絶望を噛みしめるだけだった。憤怒も復讐心も忘れた妻の心身はまるごと絶望のかたまり、絶望そのものだった。

いったい彼に会ったために何がどうなったのか、私には知るよしもなかった。何があったのか聞いてみても、妻は口を開こうとしない。そもそもものを言うことすら煩わしく、無意味だと感じているらしい。そのうえ妻は食べものさえほとんど口にしなかった。自分自身も、何もかも、すべてを放棄してしまったことがありありとわかった。

とうていわけがわからなかった。キムさんからもその理由を聞きだすことはできなかった。私は彼女に会って一部始終を聞いたのだが、あの日のことだけはキムさんも理解できないと言うのだ。

——あの人に会ったときは何事もなかったのですよ。面会はひとまず無事に終わったのですからね。

奴が妻の許しを受け入れず、恥知らずな残忍なふるまいに及んだのではないかと私が問うと、キムさんはむしろその逆だと言うのだった。

——凶悪どころか、あの人は自分の過ちをすべて素直に認め、奥さんに心の底から許しを求めたのです。許しを求めたというより、奥さんによって罰されることを自分から望んだのです。それで奥さんの心が慰められるなら、いかなる罰も甘んじて受けるとね。それはあの人の本心だったのですよ、なぜならあの人も主を心に受け入れて、その御心《みこころ》に従う人になっていたからです。

彼はすでに、主の名によって自分のすべての罪を懺悔《ざんげ》し、主の許しと愛の中で心の平和を得たと語った。それればかりか、懺悔のしるしと主の愛への恩返しとして、死後、腎臓と両目を他者に提供する約束までしたというのだった。それほどまでに彼は平和な気持ちで過ごしており、むしろこの世における自分の最後の日を待っていたという。

——それは彼にとっては、主のみもとへ行く日なんですもの。彼は心からそれを信じ、喜んでその日を待っていましたよ。彼は主に許されて、誰よりも浄らかな魂で神のお導きに従っていたのです。

キムさんはそう言い、彼の霊魂が主によって許された以上、彼と妻とは同じエホバの愛の中に生きる息子と娘になったのだと言った。だから彼は、同じ父の兄弟姉妹として妻のいかなる呪いも復讐も許す覚悟ができているのだと。さらに、彼は本当に妻の許しを強く求めていたし、最後に妻の許しを得ることが心底必要だったのだとキムさんは言う。それなのに妻は、いざ彼に会ってみると彼を許せなかったのだ。

——私、奥さんが理解できません。いえ、むしろ失望せざるをえませんでした。奥さんは心の中でまだ彼を許せないのだとわかったのでね。奥さんにはまだ主への信仰が不足しているのです。

キムさんは、妻が彼を許せないのは信仰が足りないためだと断言した。そして、主に許された人を許すことができない妻を責めた。すでに心に主を迎え、自ら許しの道に踏み出した妻がまだひそかに恨みを残していたなんておよそ理解できないと、彼女は言った。

しかしそのキムさんも、妻がなぜ新たな絶望に沈んでしまったのかを深く掘り下げて理解してはいなかった。一緒に現場にいたキムさんがそうなのだから、私がそれを理解したり慰めたりする方法がないのはなおさらのことである。キムさんの説明を聞いて以来、妻の絶望はさらに解けない謎となった。妻はなぜ彼を許せなかったのか。自ら進んで彼を許すために会いに行ったのではないか。そして彼はすでに、自ら懺悔して妻の許しを待ち焦がれていたというではないか。そんな男を前にして、妻はなぜ、あんなにまで絶望して帰ってきたのか……。

すべての答えはあまりにも近いところにあった。いや、それは、キムさんの非難めいた説明の中に、それを聞いたときに私が感じた理由のわからない裏切られたような気分の中に、すでにはっきりと表れていた。私はキムさんの話を聞いて充分にうなずけると思いながら、一方で、対象がぼやけてしまったという、裏切られたような気持ちを感じたことも事実だった。まさにこの漠然たる裏切られた気持ちの中に、謎の答えが隠れていたのである。私が迷いの中にあったために、自分でそれを探りだすことができなかっただけのことだ。

そして何日か後、私は初めて妻の絶望がどこから来たのかを理解した。この日ようやく、あの得体の知れない裏切られた感じの正体がわかったのである。それもやはりキムさんのおかげだった。キムさんは信仰も深い上に隣人愛も深く、強い使命感と粘り強さで妻をあきらめなかった。何が何でも妻を助け励まし、信仰を回復させようとした。そして、彼を心の底から許すという、愛の試練に耐えぬかせようとした。

彼女は毎日妻を訪ねてきた。そして誠心誠意妻を慰め、勇気を出すよう励ました。

妻はいまだに喋れないままだったから、慰めも説得もキムさん一人の一方的なものだった。そんなある日、妻はとうとうキムさんの粘り強い説得を受けて、久々に口を開いた。これがまさに妻の絶望の秘密を解く鍵であった。

——おわかりにはならないでしょう。執事さんのように信仰の篤い方にはむしろ理解できないんです。私はあなたのように深く信じることができません。だからこそ人間のことがわかるし、そのために絶望するしかないんです。

その何日間か、かつてもくり返してきたように、妻はキムさんの説得を受け入れなかった。キムさんの言うことを聞くどころか、彼女をなじり、問い詰めた。妻はあの長い長い沈黙の中で確信をつかんだかのように、絶望的に泣き叫んだ。

——私だって執事さんみたいに、あの人を許さなければと思ったわ。それで刑務所まで会いに行ったのよ。でもいざあの人に会ってみたら、できなかったんです。それは私の信仰が弱いからじゃありません。あの人があんまり厚かましすぎたからよ。なんで人間にあんなことができるのかしら。あの人は私の子を殺した殺人者よ。殺人者がその子の母親の前で、どうしてあんなに冷静で平和な顔をしていられるの。どうやったら殺人者が聖人に変身できるというのよ。そんなこと絶対に、ありえないわ。ありえないから、私はあの人を許すことができないんです。

——奥さん、あの人は厚かましいから奥さんの前であんな顔をしていたわけではないわ。奥さんも聞いたでしょう、あの人の魂の中にはもう、主がいらしたのよ。あの人の心も顔も安らかだったのは、主に許されたからよ。

キムさんは妻の歪んだ考えを糾そうとして必死だった。だが妻は納得しなかった。二人の声はだんだん大きくなり、激しい言い争いになった。

——そうよ、私があの人を許せないのは、許したくないからじゃなくて、許したくても、もうそれができないからなのよ。執事さんのおっしゃる通り、あの人はもう許されていました。だから私が改めてあの人を許すこともできないし、そんな必要もなかったの。でも、いったい誰が私より先に彼を許すっていうの。私が許していないのに、どこの誰が彼の罪を許せるというの？　そんな権利は主にもあるわけがないわ。なのに主は私からそれを奪っておしまいになった。私は主によって、あの人を許す機会すら取り上げられてしまったのですよ。この上いったいどうやって、私が彼を許せるというの？

恨みに満ちたこの真情吐露《とろ》は、前にもまして妻の心の深いところから出てきたものだった。だがキムさんは、妻の意固地《いこじ》さをへし折ることにばかり集中し、それをありのままに理解しようとしなかった。彼女は人間と神の間にあって、恨めしいほどに神の歴史にばかり固執した。

——父なるエホバはそういうことをなさるかもしれません。それがあの方の摂理の歴史ですから。私たちはあの方の深いご意志のすべてを知ることはできません。私たちには無条件にあの方のご意志に従い、服従する義務しかないのです。許しについても同じです。主が彼をお許しになったのなら、私たちもあの人を許さなくてはなりません。それが全知全能の神のしもべとなった私たち人間の務《つと》めなのですから。奥さんもあの日はっきり聞いたでしょう、彼は奥さんのどんな恨みも罰も甘んじて受ける覚悟だと言ったではありませんか。それは、彼がすでに神の許しの中で、死を恐れぬ永遠の魂の平和を授かったという証拠です。そうやって彼は奥さんのいかなる恨みも憎しみも、甘受し、許すことができたのですよ。

——あの人が、私を許した？　主が先に、彼を許した？……そうね、それが事実なのかもしれないわ。それで私が嫉妬していっそう絶望し、彼を許せなかったというんでしょ。でも、そんなのが果たして主のご意志なんでしょうか？　私から彼を許す機会を奪い、あの人を先に許して、あの人が私を許すようにしむけたなんて……それがいったい主の公平な愛なんでしょうか。私はそんなことは信じられません。どうしても信じなくてはならないなら、むしろ主に呪われることを選びます。どんな呪いが降りかかろうとも、憎み、呪い、復讐する人間として生きてやるわ……。

妻はついに最後の絶望をぶちまけた。だがキムさんは、哀れな妻の中に、窒息して死にかけている人間を見てはくれなかった。彼女は妻の無残な破綻《はたん》を前にして、最後まで主の厳粛な戒律を守ることのみを選んだ。彼女は神の代弁者さながらに妻を追い詰めた。

——もう何度も言ってきたことだけれど、それがまさに父なる神の隠された摂理の歴史なのですよ。主はおそらくあの人を通してアラムと奥さんの霊魂を一緒に救って下さるおつもりだったのですよ。今、あえて彼を許すことは、すでに主の許しを受けたあの人のためではなく、アラムと奥さん自身のため、自分たちの魂のために必要なことなのです。まずそのことを理解しなくてはいけないわ。あなたには、その道しかないのよ。主のしもべとして私たちに課された轡《くつわ》を、誰も自由にはずすことはできないんですもの。それはまた別の恐ろしい災いを呼びよせるだけですよ。

——ああ……じゃあ私は、私は……。

妻は凄絶《せいぜつ》なため息を吐いたすえに、言葉を失ってしまった。

こうして、この日のやりきれない（しかし妻にとっては、最後の救いの機会と人生の勝敗がかかっていた）論争は、終わった。

私はここに至って、これまでに妻がなめた地獄のような絶望の正体を悟り、惨憺《さんたん》たる絶望の根をかいま見ることができた。一言でいうなら彼女は、主によって許しの対象と許しのチャンスの両方を失ったのだ。恨みだけでなく、復讐の対象すら消え去った。それだけではない、許そうと決心して会いに行った人間が、彼女よりも先に主の許しと救いの恵みを享受していたのである。妻とアラムの哀れな霊魂が、あの男の祈り（私とてそれを〝許し〟などと言いたくない）によって主の懐《ふところ》へと導かれるなどと言われたら、妻が裏切られたと思うのは明らかで、当然でもあった。そしてこの絶望は、あまりにも人間的だった。

5

しかし妻の絶望と破綻はそこで終わりではなかった。さらに絶望的な破滅は、だからといって妻が再び人間的な復讐心を選択できるわけがないという点にあった。それはもちろんキムさんの圧力や脅しのせいではない。妻はもう、自ら進んで犯人を許すと決意し、会いに行くほどの信仰を持っていた。信仰と愛の戒律を身につけ、その真意と価値に目覚めた妻がこれを捨てることは、自分を捨てることだ。妻にはそんなことはできず、かといって自分の中の〝人間〟を否定して主の〝救い〟だけを求める自信もなかった。そうするには主のご意志はあまりに遠く、また、彼女にとっては要領を得ないものだったのだ。

妻の心臓は、主の摂理と自らの〝人間〟の間で無残に引き裂かれていった。

だが妻は、キムさんの前では決してそこまで話さなかった。言ったところでどうしようもない。キムさんは、ちっぽけでみすぼらしい人間の不安定さを、その弱さと限界を、その痛みを、何よりも人間の名において感じることができなかった。そんな彼女に話すことは不可能だっただろう。

妻が今まで私に対して口をつぐんでいたのも、まさに同じ理由からだ。恐ろしい苦痛と絶望のために、口も開けないほどだったのだ。

私はこのときようやく妻の絶望が理解できた。そして、たとえ息子を失った父親として彼女に寄り添うことができなくとも、何者でもない一人の愚かな人間として、妻の痛みをともに感じてやることならできそうに思えた。

それが気の毒な妻にとって何の助けになっただろうか。しかしまた、あの絶望的な苦しみをやわらげ、妻を破綻から救い出すために、それ以上の何ができただろう。私は妻の苦しみを知りながら、手をこまねいて彼女を見守るばかりだった。そして空しく妻の回りを堂々巡りしながら、心を痛めるばかりだった。それが妻がのりこえるべき人生と信仰の山場だというキムさんの助言を信じたからか、あるいは、妻自らが打ち勝つべき、彼女に割り当てられた苦しみだと思ったからか……いや、もちろんそうではない。

キムさんは当然ながら今もそう考え、妻を訪ねてきては〝父なる神〟の摂理と完全無欠の愛を説いていた。そして信仰を取り戻し、主のしもべとして勇気を持つようにと妻を励ましていた。だが、私にはそれはできない。私には力がなかった。妻にそれができるとも思えなかった。ただ、妻の絶望と苦痛を不憫《ふびん》に思いながら、耳にも届かない、無用の慰めの言葉で彼女の心を惑わせるほかに何もできなかった。

そして妻は、最後の絶望に弱々しく自分を委《ゆだ》ねてしまった。キムさんや私が何を言っても、とうてい意識に届くことはないようだった。その日以後、再び口を固くつぐんでしまった妻は、水一口まともに飲むこともなかった。

しかしああ、妻の絶望と苦痛の根がどこまで達しているのか、どうして想像できただろう。妻は結局、その果てに自ら命を絶ってしまったのだった。そして、人間だ、摂理だといったすべてのことを放棄し、絶望の根を断ち切ったのである。

あの男――キム・ドソプの死刑執行のニュースが妻をそこまで追いやったのかもしれない。

年が明けて二月にさしかかり、キム・ドソプはついに絞首刑を執行され、そのニュースがラジオでも放送された。そのとき彼が最後に残した言葉は、私にとっても改めて裏切りを感じさせ、体が震えて耐えられないほどだった。

――私がなぜ今さら死を恐れることがありましょう。私の霊魂はすでに、父なる神が愛とともに引き取ってくださると約束して下さいました。霊魂だけでなく、私の肉体の一部は、この地において再び生命を得て生まれ変わることになります。私は自分の目と腎臓を、生きている兄妹たちに委ねていきます。

刑場で彼が最後に残した言葉である。

――ただひとつ心残りがあるとすれば、私のためにまだ苦しみを味わっている人々の魂にも主の愛と救いがもたらされますようにという願いだけです。私はその方たちの犠牲と苦痛を通して、今日新しい霊魂の生命を得ることになりますが、お子さんのご家族はいまだに大変な悲しみと苦痛の中にあることでしょう。私は今も、あの世に行ってからも、あの方たちのために祈ります。お子さんの霊魂を私とともに主の御国《みくに》に導いてくださり、生き残って苦しんでいるご家族の悲しみを、愛によってやわらげ、慰めて下さいますようにと……。

それまでもずっと、そのことに神経を尖らせて過ごしてきたせいだったのだろう。日の明け暮れも気に留めず天井だけを見つめて臥《ふ》せっていた妻が、この日に限って、よりにもよって、ラジオをつけてあの忌《いま》わしいニュースをすべて聞いてしまったのだった。

二月五日の夕刻のことだった。

そしてその二日後、耐えかねた妻はついにひとり、自ら薬を飲んだ。最後まで心配してくれたキムさんにはもちろん、私にすら、遺書の一枚も残さないままだった。

本作品について、韓国文学翻訳院による翻訳助成を受けた。

第三閲覧室
「家族に耐えられない」

離れても離れられない家族の絶望に

［日本文学棚］

心中

川端康成

家族の絆《きずな》が薄くなったと言われます。

しかし、いくら薄くなっても、完全には切れないのも家族の絆ではないでしょうか。

そこにやりきれなさがあります。

遠くにいても聞こえてくる家族の音。

それをうるさく感じたことはないでしょうか？

うるさいと言われて悔《くや》しい思いをしたことはないでしょうか？

川端康成（かわばた・やすなり）
1899－1972　小説家。日本人として初のノーベル文学賞を受賞。『伊豆の踊子』『雪国』『山の音』『古都』など、日本の美を描いた作品が有名。一方で、晩年の『眠れる美女』『片腕』、絶筆となった『たんぽぽ』など、前衛的な作品もある。また、20代から40年以上にわたって書き続けた掌編小説集『掌の小説』を「最も愛し、今も尚最も多くの人に贈りたいと思う」と川端自身が記している。「心中」はその中の一編。

彼女を嫌《きら》って逃げた夫から手紙が来た。二年ぶりで遠い土地からだ。

(子供にゴム毬《まり》をつかせるな。その音が聞えて来るのだ。その音が俺《おれ》の心臓を叩《たた》くのだ。)

彼女は九つになる娘からゴム毬を取り上げた。

また夫から手紙が来た。前の手紙とは違う差出局からだ。

(子供を靴《くつ》で学校に通わせるな。その音が聞えて来るのだ。その音が俺の心臓を踏《ふ》むのだ。)

彼女は靴の代りにしなやかなフェルト草履《ぞうり》を娘に与えた。少女は泣いて学校に行かなくなってしまった。

また夫から手紙が来た。第二の手紙から一月後だが、その文字には急に老いが感じられた。

(子供に瀬戸物の茶碗《ちゃわん》で飯を食わせるな。その音が聞えて来るのだ。その音が俺の心臓を破るのだ。)

彼女は娘が三つ児《ご》であるかのように自分の箸《はし》で飯を食わせた。そして娘がほんとうの三つ児であり夫が楽しく傍《そば》にいた頃《ころ》を思い出した。少女は勝手に茶簞笥《ちゃだんす》から自分の茶碗を出して来た。彼女は素早く奪《うば》い取って庭石の上に激しく投げた。夫の心臓が破れる音。突然彼女は眉毛《まゆげ》を逆立てて自分の茶碗を投げつけた。しかしこの音は、夫の心臓が破れる音ではないのか。彼女は食卓を庭へ突き飛ばした。この音は？　壁に全身をぶっつけて拳《こぶし》で叩《たた》いた。襖《ふすま》へ槍《やり》のように突きかかったかと思うと、襖の向う側へ転がり出た。この音は？

「かあさん、かあさん、かあさん。」

泣きながら追っかけて来る娘の頰《ほお》をぴしゃりと打った。おお、この音を聞け。その音の木魂《こだま》のように、また夫から手紙が来た。これまでとは新しい遠くの土地の差出局からだ。

（お前達は一切の音を立てるな。戸障子《としょうじ》の明け閉めもするな。呼吸もするな。お前達の家の時計も音を立ててはならぬ。）

「お前達、お前達、お前達よ。」

彼女はそう呟《つぶや》きながらぽろぽろと涙を落した。そして一切の音を立てなかった。永久に微《かす》かな音も立てなくなった。つまり、母と娘とは死んだのである。

そして不思議なことには彼女の夫も枕《まくら》を並べて死んでいた。

夫婦であることが呪《のろ》わしいという絶望に

［アメリカ文学棚（奇妙な味）］

すてきな他人《ひと》

シャーリイ・ジャクスン

［品川亮 新訳］

出張から帰ってきた夫が、夫にそっくりな別人だと気づいたとき、妻は恐怖を感じるのではなく、悲しみを感じるのでもなく、喜びます！

彼女はなぜ喜んだのか？

あなたは本物の夫や妻に帰ってきてほしいですか？

それとも、すてきな他人《ひと》がいいでしょうか？

シャーリイ・ジャクスン

1916－1965　アメリカの小説家。「ニューヨーカー」誌に発表した短編『くじ』が激しい非難を浴びて有名になる。日常がだんだん歪んでいき、非日常との境目が曖昧になっていく作風。孤独な女性や心を病んだ女性の妄想を描いた作品が多いが、彼女自身、精神科医にかかっていた。過食症でもあった。スティーブン・キングが絶賛した『丘の屋敷』のほか、『鳥の巣』『なんでもない一日』『ずっとお城で暮らしてる』など。

最初の違和感は駅でやってきた。それはまだ前触《まえぶ》れのようなものでしかなかった。息子のスモールジョンと赤ちゃんを連れて、ボストン出張から帰ってくる夫を迎えに来たところだった。子どもたちに服を着せて車に押し込んで、列車が到着する三十分も前に家を出た。遅刻したらどうしようとか、一週間も離ればなれだったのにいやいや迎えに来たなんて思われたくないとか、異常なまでにびくびくしたせいだ。それで、当然のことながら駅では延々と待つはめになった。

せっかく家族再会のすてきな場面になるはずだったのに、結局、間が悪くてぎこちないお芝居のようになってしまった。スモールジョンの髪はくしゃくしゃでご機嫌ななめ、赤ちゃんはむずがって泣き声を上げ、ピンクの帽子やレースの縁飾りがついたかわいらしい服をぐいぐいひっぱった。そんなごたごたの真っ最中に、ようやく列車が到着した。マーガレットは赤ちゃんの帽子のリボンを結びなおしている最中で、スモールジョンは車の背もたれに半分よじ登ったところ。列車の音にぎょっとして車を飛び出たときには、三人ともすっかりぐったりしていた。

夫のジョン・シニアは、列車の高いステップの上から手をふっていた。妻や子どもたちとはちがって、再会のための準備をすっかり整えてあるように見えた。せめて、再会をつらいものにだけはしたくない。まるでそのための努力を惜しまず、三十分以上前からステップに立ち、心をこめて手をふるための稽古《けいこ》を重ねていたかのようだった。練習不足のせいで腕をのばしすぎて、再会のよろこびを強調しすぎたりしないようにと。

妻のほうには、時間を見失ったような奇妙な感覚があった。赤ちゃんを抱きかかえ、スモールジョンをしたがえて、プラットホームに立っていると、ほんのすこしの間、夫の帰りを待っているのか、見送りに来たまま立ちつくしているのか、はっきりと思い出せなくなったのだ。

出発のとき、二人はケンカをしていた。だから夫のいない一週間は、自分が怯《おび》え傷ついたことを忘れようと決めてすごした。これは、状況を整理するのにちょうどいい機会。彼女は自分に言い聞かせた。ジョンがいない間に、自分を取り戻すの。

ところがいま、到着なのか出発なのかがわからないまま耐え難い緊張に精一杯立ち向かいながら、マーガレットはまたしても怯えていた。こんなのむり。それが正直な気持ちだと思った。

彼がステップを降りて、三人のほうへ歩いてくると、彼女はにっこりほほえんで赤ちゃんをぎゅっと抱きしめた。小さい体のほんのりとした温かさが、自分のほほえみにほんもののやさしさをもたらしてくれるような気がした。

こんなのむり。そう考えながらさらに心をこめてほほえみ、こちらにやってくる彼に「おかえりなさい」と言った。不安なまま彼にキスをして、赤ちゃんもろとも抱きしめられると、赤ちゃんはそっくりかえって泣き叫んだ。誰もがいらいらしていた。赤ちゃんは足をじたばたさせて、「イヤ、イヤ、イヤ」とわめいた。

「ほおら、お父さんになにするの」マーガレットは、半分おもしろがるような気分で赤ちゃんを揺すった。同時に、赤ちゃんが味方してくれてありがたかった。ジョンは息子のほうを向いて、抱き上げた。スモールジョンはなすすべもなく足をジタバタさせて、「お父さん、お父さん」と笑った。そして赤ちゃんは「イヤ、イヤ」とわめいた。

どうしようもなかった。赤ちゃんが泣きわめいていてはおしゃべりもできない。三人はきびすを返して、車に向かった。赤ちゃんがピンクのバスケットにおさまり、その横に座ったスモールジョンがペロペロキャンディーをもう一個取り出してなめはじめると、ぞっとするような沈黙がやってきた。なにか意味のある言葉で、すぐにもうめなければ。

マーガレットが赤ちゃんをあやしている間に、ジョンは運転席についていた。助手席に乗り込もうとして、ハンドルの上にあるジョンの手が見えた。強い憎しみが、かすかな悪寒のように全身を走りぬけた。許せない。この一週間、この車を運転してたのはわたしだけなのに。どれほど理不尽な考えかは、はっきりとわかっていた。車の所有権の半分はジョンのものなのだから。それで、明るく熱心に尋ねた。「出張はどうだった？　お天気は？」

「すばらしかったよ」そう答える温かい調子に、またしても腹が立った。車についてはわたしが理不尽だったけど、そんなに楽しんだ彼のほうもずるい。「ぜんぶうまくいったんだ。あの契約はぜったいに取れる。みんな喜んでたからね。二週間後にもう一度行って、ぜんぶまとめてくるよ」

話の肝は、最後の一文にある。そう彼女は考えた。わたしを混乱させるつもりがなければ、こんなに早口でまくしたてたりしない。契約がとれそうでみんな喜んでたっていう部分で満足させて、また行かなきゃいけないっていうところは聞き流させようとしてる。

「わたしもついて行っていい？」彼女は言った。「子どもたちは、義母《おかあ》さんが見ててくださるでしょ」

「いいよ」と彼は答えたが、あまりに遅すぎた。口を開く前に、はっきりとためらいが挟まれていた。

「ぼくも行きたい」スモールジョンが言った。「父さんといっしょに行ってもいい?」

マーガレットは赤ちゃんを抱えて家に入り、ジョンとスモールジョンは二人でスーツケースを持ち上げて、どっちのほうが重い部分を持っているかと楽しそうに議論しながら屋内に運び入れた。

家の中はきれいに片づいていた。幼い子どもたちといっしょに放置された妻、というイメージにつながる痕跡は残らず消しておこうと、念を入れたのだ。スモールジョンがいつにもまして気ままに散らかしまくったおもちゃは拾い上げ、乾かすために台所のスチームヒーターにかけてあった赤ちゃんの服もしまってあった(どうせジョンの留守中にやってきた客はいなかったんだし)。

生活感がなくてよそよそしい家。お上品で清潔な人しか住めそうにない。そんなところで、幸せな家族が平和に暮らせるわけがない。マーガレットはそう考えた。赤ちゃんをベビーサークルにおろしてから帽子と上着を手に振り返ると、身をかがめてスモールジョンの話に真剣に耳を傾ける夫の姿が目に入った。

誰なの？　ふいに彼女はわからなくなった。ちょっと背が高い？　あれは夫ではない。

彼女は笑い声をあげ、二人がふり返った。スモールジョンは好奇心にみちた表情で、夫の顔にはさっと晴れやかな感謝がよぎった。なんだ、やっぱり夫ではない。しかもわたしが気づいたことに気づいてる。

驚きはなかった。三十秒前ならそんなことあり得ないと考えたかもしれないけど、今や現実に起きてることは明らかなのだから、驚いてもしかたがない。なにかもっと別の感情が必要だった。だが彼女の中には最初、ほんのかすかな欠片《かけら》しか見当たらなかった。心臓はばくばく鳴り、手はふるえ、指は冷たくなっている。両脚から力が抜けて、身体を支えるために椅子の背をつかんだ。まだ笑っていることに気づいた。そこでようやく感情が彼女に追いついた。それは、安堵の気持ちだった。

「来てくれてうれしい」と彼女は言い、彼の肩に頭をのせた。「駅では挨拶しにくかったの」

スモールジョンはしばらくの間眺めていたが、おもちゃ箱のほうにぶらりと立ち去った。彼女は考えていた。この人は、わたしが泣くのを喜んでたあの人じゃない。もうこわがる必要はないんだ。彼女は息を整え、沈黙した。言葉は必要なかった。

その日はそれからずっとしあわせだった。恐怖と不幸の重苦しさから解放されたという安堵とよろこびが続いた。疑いと憎しみが跡形もなく消えてしまったのが、純粋にうれしかった。「ジョン」と呼ぶときには、意識してつつましく声をかけるようにした。あきらかに、彼も秘密のゲームに参加している。礼儀正しく答えてくれながらも、その背後には笑いが閃《ひらめ》いたのだ。口に出すのは無粋だし、そんなことをしたら愉《たの》しみがだいなしになる可能性だってある。二人とも、大まじめにそう考えているようだった。

夕食のとき、二人は陽気だった。ジョンには、妻のためにカクテルをつくってやる習慣などなかった。だが、マーガレットが子どもたちをベッドに寝かしつけてから一階におりようとすると、階段の下には見知らぬ他人《ひと》が待ち構えていて、彼女を見上げながらにっこりほほえんでいたのだ。そして、マーガレットの腕をとり居間に導き入れる。すると暖炉の前のローテーブルには、カクテル・シェイカーとグラスが並んでいた。

「すてき」彼女は言った。わざわざ髪をとかし、口紅をぬりなおしてきてよかったと思った。ジョンといっしょに選んだコーヒー・テーブルや、ジョンが数え切れないくらい何度も火をおこしてきた暖炉、それにジョンがときどきうたたねしたソファが、この他人《ひと》を上品に迎え入れる様子に満足した。彼女はソファに座り、グラスを手わたす彼にほほえみかけた。こうしたことのすべてに、奇妙に後ろめたいわくわく感があった。わたしは男の人を〝もてなし〟ている。その場面は、オリーヴもタマネギも入っていないマティーニを渡されたときにだけ、わずかに損なわれた。わたしの好みを知ってるはずないのに。でも、この人だって少しは情報をかき集めてからやって来たにちがいないと考えなおして、自分を安心させた。

彼は、ほほえみながらグラスを持ち上げた。この人はわたしだけのもの。そう彼女は考えた。

「ここは居心地がいいね」彼が言った。ということはこの人、あのときたった一度だけ車の中で、ジョンっぽく話そうとしてみたんだわ。でも、見知らぬ他人《ひと》だと彼女が気づいてからは、「家に帰る」とか「帰宅する」みたいな言葉は一度も口にしようとしていない。それにもちろん、彼女のほうもそんなことはできなかった。嘘を重ねることになってしまう。彼の手の下に自分の手をさし入れると、ソファの背にもたれかかりながら炎を見つめた。

「ひとりぼっちって最悪」

「今はひとりぼっちじゃないだろう？」

「また行っちゃうの？」

「きみがいっしょに来るんならね」ジョンの口まねに、二人は笑った。

夕食のとき、ふたりは並んで席についた。彼女とジョンは、いつも作法どおりテーブルの端と端に座って、塩やバターをこちらにまわすよう礼儀正しく頼み合ったものだった。

「あそこに小さい棚を置こう」食堂の隅《すみ》にむかってうなずいてみせながら、彼は言った。「この部屋は殺風景だし、なにかが必要だよ。なにかシンボルになるもの」

「たとえば？」彼を見つめるのが楽しかった。この人の髪の毛は、ジョンよりちょっと色が濃い、と彼女は考えた。それに両手はジョンより力強い。この人ならきっと、ほしいものをなんでも自分で作れるに違いない。

「二人のものが必要だよ。二人とも好きなもの。小さくて繊細でかわいいもの。象牙とか」

これで相手がジョンだったとしたら、そういう小さくて繊細なものを買う余裕なんてうちにはない、とすぐさま言い立ててやりたくなったことだろう。そんな思いつきには冷たく終止符を打ってやるのだ。でもこの他人《ひと》には、「ちゃんと探さなきゃね。なんでもいいってわけじゃないんだから」と彼女は答えていた。

「どこかで小さな人形を見かけたな」と彼は言った。「小さなこびとみたいなやつ。全身が紫と青と金色で塗られてるんだ」

彼女は、このときの会話を記憶に刻みこんだ。宵闇《よいやみ》に輝く一粒の宝石のような真実が、そこにはあった。だいぶあとになってから、やっぱりそうだったと彼女は考えることになるだろう。ジョンが、あんなことを言うはずがない。

彼女はしあわせでにこやかで、うしろめたさは感じなかった。翌朝、彼はすなおに出社した。玄関のところで「行ってくるね」と言いながら、悲しげにほほえんだ。まるで、ジョンがやっていたとおりのことをなぞらなければいけないなんてばかばかしい、と言いたげな顔だった。道路に向かって歩いていく後ろ姿を見送りながら、こんなことずっとはつづけられない、と彼女は考えていた。毎日長い時間彼とわかれわかれなんて耐えられなかった。ジョンがいなくなってもなんとも思わなかったのに。だいいち、ジョンとおなじことを続けたら、あの人だっていつのまにかジョンと同じになってしまうかもしれない。どこかに引っ越さなきゃ、と彼女は考えた。彼が、ジョンの車に乗るのがうれしかった。ジョンのものはなんでも共有したかった——というよりぜんぶあげる――わたしだけの他人《ひと》でいてくれるなら。

家事をこなし赤ちゃんに服を着せる間中、彼女は笑っていた。ほくほくしながら、彼のスーツケースの中身を片付けはじめた。寝室の隅に置きっぱなしになっていたのだ。万が一、期待に反して出て行けと彼女に言われた場合でも、すぐに持って出られるようにしてあったみたいだった。彼の服は、なにも考えずジョンのものといっしょにしまった。それで、クローゼットのところでふと気になった。あの人、ジョンの服とまざったら気にするかな。でも即座に、そんなわけないじゃない、そもそもジョンの奥さんと同居をはじめたんだから、と打ち消してふたたび笑い声をあげた。

赤ちゃんは一日中ご機嫌ななめだったが、スモールジョンは保育園から帰ってくるなり――彼女を熱心に見上げて――「お父さんは？」と尋ねた。

「お父さんは会社」と答えて、また彼女は笑った。ジョンへのちょっとした腹いせだった。


その日は、何度も二階に上がっては彼のスーツケースを眺め、表面の革にやさしく触れてみた。食堂を通るときには、かならず隅の方を見やった。そこにはやがて、小さい棚が収まる。全身紫と青と金色に塗られた小さなこびとが棚に立って、侵入者からこのうちを守るのだ。

子どもたちが目を覚ますと、ふたりを連れて散歩に出かけた。家からだいぶ離れたところで、いきなり以前の孤独な習慣がよみがえった（子どもたちと散歩して、無意味にお父さんのことを話し、日が暮れてからの話し相手がほしいと切実に願い、急いで家に帰りたいという衝動を抑える。もしかしたら、彼が電話をくれてるかも）。彼女はふたたび恐怖にとらわれた。もし勘違いだったとしたら？　いや、思い違いのはずがない。ジョンのはずがないのだから、そこにもし今晩ジョンが帰ってきたとしたら、ジョンにとって残酷すぎる。

そう考えていたとき、車の停まる音がした。ドアを開けてたしかめると、再びよろこびにみたされた。やっぱり夫じゃない。彼のほほえみかたを見ると、彼女の気持ちがぐらついたことに気づいているのがわかった。それでもなお、彼ははっきりと見知らぬ他人《ひと》だった。だから顔さえ見られれば、もう言葉は必要なかった。

そのかわり、その夜はほとんど無意味な質問をたくさん繰《く》り出した。彼女にとっては大切なことだった。答えを記憶の中にためておいて、彼が留守の間に自分を安心させる材料として使うのだ。大学にいたシェイクスピアの先生の名前や、マーガレットと会う前に彼が大好きだった女の子の名前を尋ねた。「ぜんぜんわからない。今その名前を言われても、たぶん気づかないだろうね」と彼が答えると、彼女はうれしくてたまらなかった。それじゃ、昔のことを全部暗記しようとは思わなかったんだ。最低限必要なことだけ（子どもたちの名前、家の場所、それに彼女のカクテルの好み）をおぼえて、彼女に近づいてきた。会ってしまえば、あとはもうそんなことどうでもよくなる。どちらにせよ、受け入れられるか、「ジョンを返せ」と追い出されるか、二つに一つしかないのだから。

「好きな食べ物は？」彼女は尋ねた。「釣りは好き？　犬を飼ってたことある？」

「今日、ある人に」と彼は話した。「ボストンから戻ってたんだってねって言われたんだけど、それがはっきりと、ボストンで死んだんだってねって聞こえたんだ」

この人もひとりぼっちなんだ、と考えて彼女は悲しくなった。だから、わたしのところに来た。こうなる運命だったんだ。これからは毎晩、帰宅する姿を見るたびに、この人は夫じゃないんだって考える。そして、わたしが待ってるのは見知らぬ他人《ひと》なんだ、って自分に言い聞かせながら待ち続けるの。

「どっちにしても」と彼女はいった。「あなたのほうはボストンで死んでないんだから、あとのことはどうでもいいわ」

翌朝、出勤する彼をあたたかい誇りとともに見送ったあと家事をこなし、赤ちゃんに服を着せた。保育園から帰ってきたスモールジョンはなにも尋ねなかったが、きょろきょろと家の中を見回してため息をついた。お昼寝の間、今日の午後も二人を公園に連れて行こうかなと考えた。果てしなく長い午後、話し相手が子どもしかいない午後、ひとりぼっちの未亡人みたいな午後、そういう午後のことを思うと、もうこれ以上はすこしも耐えられないという気持ちになった。もうさんざんそういう午後を過ごしてきた。今日は、子どもの顔以外のものを見なくちゃ。こんなに孤独な人間がいるなんて、許されるはずがない。

彼女の行動は素早かった。服を着て、家の中をきれいに整え、高校生の女の子に電話をかけた。子どもたちを公園に連れて行ってもらうのだ。赤ちゃんの上着はどれとか、スモールジョンにポップコーンを食べさせていいかとか、何時までに帰宅するようにとか、そういう無数の細かな指示は罪の意識もないままにすっとばした。彼女は、逃げるようにして家を飛び出た。人のいるところにいかなきゃ。

タクシーで街中にやって来た。今できるのは、贈り物を買うことくらいだという気がしたのだ。あの人への最初の贈り物。もしかしたら、全身を青と紫と金色で塗られた小さなこびとを見つけられるかもしれない。

街にある変わった店を次から次へと見て回った。新しい棚の中で映える、かわいい小物はどれだろう。象牙細工や小さな人形、それに明るい色に塗られた無意味に高いおもちゃは、特に念入りに長い時間をかけてじっと見つめた。あの他人《ひと》にふさわしい贈り物はどれだろう。

荷物をかかえて家に向かう頃には、もうほとんど暗くなっていた。タクシーの窓ガラス越しに暗い通りを眺めながら、あの他人《ひと》、先に帰宅してるかもしれない、と思いついてうれしくなった。窓のところにいて、彼にむかって駆け出すわたしの姿を、いまかいまかとたのしみに待ってるんだわ。それで、知らない人だ、ぼくは知らない他《ひ》人《と》を待ってたんだ、って考える。「ここです」彼女はガラスをコッコッ叩いた。「運転手さん、ここです」タクシーから降りて支払いをすますと、車が走り去るのをほほえみながら見送った。わたし、元気そうに見えるんだ。彼女は考えた。だって運転手さんもにっこりしてたもん。

きびすを返して、家に向かって歩き始めた。ふと立ち止まり、ちょっと行きすぎたかしら？　そんなはずないけど、と考えた。おかしいわ。うちの壁って白かったかしら？

すっかり日が暮れていた。どこまでものびる住宅の列だけが見えた。列の向こうにも列があって、その向こうにはもっと列がある。そのどこかに彼女の家があった。中にはすてきな他人《ひと》がいて、彼女はひとり外で途方に暮れていた。

家族に耐えられないという絶望に

［イギリス文学棚（意識の流れ）］

何ごとも前ぶれなしには起こらない

キャサリン・マンスフィールド

［品川亮 新訳］

夫や妻や子を見て、ふいに「これは誰だろう？」と感じることはないでしょうか？
自分といったい何の関係があるのかと。
家族に耐えがたさを感じたとき、それでも簡単に離れてしまえるものではありません。
それぞれがそれぞれの役割を演じながら、続けていく家族。
その夫の心の中には、いったいどんな思いがあるのでしょう……？

キャサリン・マンスフィールド

1888−1923　ニュージーランド出身で、主にイギリスで作品を発表した小説家。繊細な人間心理を描く、短編の名手。流産、離婚、性病、経済難、結核、新しい夫の浮気など、さまざまな苦難に陥るが、その中で書き続けた作品で高く評価された。34歳の若さで病没。主な作品に『幸福、その他の物語』『園遊会、その他の物語』『鳩の巣、その他の物語』『小説と小説家』がある。

I

日が暮れて、夕食のあと。私たちは、狭く寒いダイニングを出て、火のあるリビングにもどっていた。

すべていつもどおり。仕事用の机は部屋の角にあり、私はそこに座っている。そうすると部屋全体が見渡せるのだ。緑色の傘つきランプが灯《とも》り、目の前には、開かれた大きな辞典が二冊と、書類の山がある……。仕事に没頭する男の道具一式がそろっている。

妻は幼い息子を膝にのせて、暖炉の前の低い椅子に座っている。まもなく彼女は、子どもを寝かしつけ、食器を片付けて、明朝やってくる使用人のために台所に積み上げるだろう。だが今は、あたたかさと静けさ、そしてうたた寝する赤ん坊のせいで、夢見心地になっている。

息子の片足からは、赤いウールのブーツが脱げ落ちている。妻は座ったまま前かがみになり、むき出しになった小さな足を握りしめながら炎の輝きを見つめる。火の勢いが増したり弱まったり、めらめらと揺れ上がったりするたびに、彼女の影――巨大な〝母子像〟――もまた、壁の上に現れたり消えたりする……。

雨が降っている。私は意識を外に向ける。そうすることが好きなのだ。ブラインドの背後にある冷たくびしょ濡れの窓、その向こうには庭の暗い茂みと、雨にかがやく大きな葉。そして柵の向こうには、ほのかに光る道路があり、二本の側溝がかすれ声の合唱を聞かせている。ランプの光のちらちらゆらめく反射は、魚の尾びれを思わせる。

私はここにいると同時に、薄暗い空に向かって顔を上げながらそこにいる。世界中に雨が降っているように感じられる。地球全体がびしょ濡れで、やわらかくせわしないポタポタ音や強く安定したドラムの音、あるいはゴボゴボいう音、すすり泣きと笑い声がまざりあったような音、それから水が静かな湖面や川の流れに落ちるときの、あの軽快で陽気なザブザブいう音をたてている。そしてその同じ瞬間、私は見知らぬ町に辿《たど》り着こうとしている。馭者《ぎょしゃ》が荒く息づく馬の覆《おお》いを取り外しているすきを見はからって幌《ほろ》の下に潜り込んだり、物陰から物陰へと走り抜けながら通行人をよけたり、誰かに身をかわされたりする。背の高い家々と、夜に向けて閉ざされた扉やよろい戸、ずぶぬれのバルコニーや水びたしの植木鉢。私はそういったものをすべて意識している。ひとけのない庭を横切り、あずまやの湿った匂いの中に入り込む（あずまやの木材が、雨の日にはやわらかく、ほとんどぼろぼろとくずれてしまいそうなほどになることをご存じでしょう）。

あるいは私は暗い波止場に立ち、防水服を着た老水夫の赤い手に、濡れたチケットを渡している。潮の香りのなんと強いことか！ つながれた船どうしがぶつかってたてる音の大きなこと！ 古い麻袋で身体をおおい、ランタンをかざした私は、濡れた干し草置き場を横切る。びしょびしょのドアマットみたいな番犬が飛び起きて身体をふるわせ、私の全身に雫《しずく》を飛び散らす。

そして今や、私は無人の通りを歩いている。水たまりだらけでよけられない。木々が揺れ動く——揺れ動きつづける。

こういうことなら、永遠に書き連ねられるだろう。ひとつひとつ挙げてゆき、カラーリリーの葉をひっくり返して小さなカタツムリがしがみついているのを発見するまで、あるいはまた……だが、そうしたところで何になるのだろう？ そんなものはただのしるし、私の感情の痕跡でしかないのではないのか？ 露の降りた草むらを横切る人の残した、明るい緑色のすじみたいなものだ。感情そのものではない。

そんなことを考えていると、私の胸の中では悲しみを湛《たた》えた壮麗な声が歌いはじめる。そう、そのほうが言いたかったことに近いのかも知れない。なんという声！　なんという力強さ！　ビロードのようなやわらかさ。

とつぜん、妻がさっと振り返る。彼女は知っている——いつから知っていたのだろう？——私が〝仕事〟をしていないことを。あれほど開けっ広げなまなざしを持ちながら、あれほどおどおどほほえむのだから不思議なものだ。そしてためらいがちな声でこう言う。「なにを考えていらっしゃるの？」

私はほほえみ、二本の指を額の上でさっと走らせるという、いつものしぐさをした。

「なにも」私はやさしく答える。

それを聞いた彼女は身じろぎし、それでも深刻な調子にならないように気をつけながら言う。「あら、でもなにかは考えていたはずよ！」

そこでようやく、私はそのまなざしを受け止める。真正面から受け止め、彼女の顔が震えたように思う。いったい彼女は、こういう無邪気な日常の小さな嘘に——そう言ってもいいだろう——馴《な》れるということがないのだろうか？　自分をさらけださないように——あるいは防御壁をうちたてることができるようにはならないのだろうか？

「ほんとうに、なにも考えていなかったんだよ」

ほら！　私の言葉が、矢のように彼女に向かって飛んで行くのが目に見えるようだ。彼女はくるりと背を向け、赤ん坊の足に残っていた赤い靴下を脱がすとまっすぐに座らせ、背中のボタンをはずしはじめる。あの小さくやわらかい包みのような存在が、見たり感じたりするものなのだろうか？　彼女は片膝の上で息子をひっくり返す。この明かりの中で見ると、手足をグネグネ動かすようすが、あまりにも蟹の幼生めいている。

奇妙なことに、息子を、妻や私自身とどうしても結びつけることができない――自分たちの子どもだという気持ちになったことが一度もないのだ。玄関で乳母車を見かけるたびに、つい「おや、誰かが赤ん坊を連れてきたんだな！」と考えている自分に気づく。あるいは、夜中に泣き声で起こされたときには、なんで赤ん坊なんか連れてくるんだ、と妻を責めたい気持ちになってしまう。実際、私には妻が出産するようなタイプの女性とは思えないのだ。母親らしい強い感情を持っているように見えるかもしれないが、そういうタイプとはまったく違う！　あの動物的な気楽さと陽気さ、チュッとすばやくキスしたり抱きしめたりする、あの……若い母親といえばだれもが期待するものがどこにあるだろう？　彼女にはかけらもない。息子の帽子の紐を結んでやるとき、母親ではなく親戚のおばさんのような気持ちでいるのだと思う。だがもちろん、私が間違っている可能性もあって、ほんとうは赤ん坊に身も心も捧げているのかもしれない……いや、そうは思えない。いずれにせよ、自分の妻についてこんなことを考えるなど、軽蔑すべきことではないだろうか？　軽蔑すべきことであろうとなかろうと、人はそういう感情を持っている。それからもうひとつある。妻のような〝心を傷めた女性〟に、赤ん坊の世話をまかせられると考えるほうが間違っているのではないだろうか。だがこれは的はずれな議論だ。心が無傷なときでも、彼女は赤ん坊をあやそうともしなかった。

さて、妻は赤ん坊を寝かしつけた。ダイニングとリビングのあいだを行ったり来たりするやわらかくおちついた足音が、カタカタいう食器の音に合わせて聞こえている。そうして静寂が訪れる。いまなにが起こっているのか。私には見てきたようにわかる。彼女は台所の真ん中に立って、雨に濡れた窓に顔を向けている。首をうなだれ、一本の指でテーブルの上のなにかをなぞっている――なにがあるわけでもない。台所は寒い。ガス灯が揺らめく。水道水がポタリポタリとしたたる。わびしい光景だ。彼女の背後には誰もあらわれない。彼女を抱きしめ、そのやわらかな髪にキスし、暖炉の前へと導き、両手をさすりあたためてやる者はいない。だれも彼女を呼びよせたりしないし、そんなところでなにしてるんだろうと考える者もいない。彼女もそのことは知っている。それでもなお、女性である彼女は心の奥深く底の底で、実際に奇跡がおこることを期待している。そういうどこまでも暗い嘘を受け入れられるのだ――こんな生活をするくらいなら。

II

こんな生活をする……私はきわめて丁寧に、きわめて美しくこれらの言葉を書きとめる。どういうわけか、その下に署名したい衝動にかられる。あるいは、「新しいペンの試し書き」と書き付けたくなる。まじめな話、何の罪もなさそうな小さな一文に隠されているもののことを考えると、啞然《あぜん》とさせられるではないか。だがそそられる――ひどくそそられるのだ、こんな場面に。食卓。妻は、お茶を出してくれたところだ。私はそれをまぜる。スプーンを持ち上げ、茶葉のかけらをぼんやりと追い、慎重に捉える。そいつを取り出したところで、私はじつにやさしくささやく。「いつまで――こんな生活をつづけようか？」するとたちまち、かの有名な「目をくらます閃光《せんこう》」*

＊かの有名な「目をくらます閃光と〜」　旧約聖書の「ダニエル書」、新約聖書の「ヨハネの黙示録」の世界を思い起こさせるが、ぴたりと合致するくだりが見つからない。あるいは、マンスフィールドの生きた年代を考え合わせると、第一次大戦のイメージも重なっているのかもしれない。

と耳を聾《ろう》する轟《とどろ》きがあり、巨大な瓦礫《がれき》が宙を飛ぶ（私は瓦礫好きであると言わざるをえない）……やがて暗い煙幕が晴れると……」だがこんなことは決して起こらない。私が経験をすることはぜったいにないのだ。それは私の中に、「手つかず」のまま隠されている。「我が心を切り開けばわかるだろう……」というわけだ。

なぜか？　鋭い質問だ。いちばん答えにくい。夫婦はなぜいっしょにいるのだろう？　「子どものため」とか「長年の習慣」とか「経済的理由」なんていう弁護士の言いそうなでたらめは――そう、でたらめでしかない――おいておくとして、なぜ夫婦は別れないのか、その理由を真剣に考えてみると謎としかいいようがない。二人は別れられない。固く結びあわされている。だが、なにが二人を結び合わせているのかは、本人たちしか知らない。わかりにくいだろうか。たしかに、おそろしく明々白々というわけではないだろう。

こう言いなおしてみよう。たとえばまずは男性から、次に女性から、二人の秘密をあらいざらい明かしてもらったとする。あなたは、彼らの置かれた状況についてはあますところなく知っている。そこであなたは心の底からの共感と共に、もっとも誠実で偏りのない評価を加える。きわめて静かに、あなたは宣言するのだ（だが、ほんのすこし面白がる響きがないわけではない。なにしろわれわれの中には――断言しよう

——最善の人間の中にも、破壊を前にして「やった！」とよろこびの声を上げるものが必ずひそんでいるのだ）。「うん。二人は別れるべきだと思うね。いっしょにいてもなにひとついいことはない。実際きみたちには、お互いを解放する義務があると思うよ」

で、なにが起こるかって？　彼と彼女は同意する。二人もまた、同じ結論にたどりついていたのだ。あなたは、昨夜一晩かけて二人が考えたことを言葉にしたにすぎない。忠告に従って、二人は直ちに行動に移るだろう……だが次に彼らの消息を聞くと、まだいっしょに暮らしている。おわかりでしょう。あなたの考えには、ある未知の要素が欠けていたのだ——二人の間にある秘密の結びつきだ。しかも本人たちにも、それが何であるのか明かすことができない。ここまではおわかりかもしれない。だがここから先は別だ。誤解しないでいただきたい！　セックスとは関係がない……だがこのことは、しばしば頭の中でもてあそんでいるある考えを導き出す。つまり人間というものは、自ら伴侶《はんりょ》を選んでいるわけではまったくないということだ。人の中に棲《す》む真の主《あるじ》、内側にいるもうひとりの自分が好きなように相手を選び——こう言うとバカげたこじつけのように聞こえるかもしれないが——相手の中にいるもうひとりの相手がそれに応じるのだ。われわれはおそらく、ぼんやりとはこの事実に気づいている。逃げ出そうとしてもムダだと認識できるくらいには。結果として、妻と私のかりそめの自我が互*いに満足ならば〝よかった《タン・ミュー・ブル・ヌー》〟、不幸なら〝しかたない《タン・ピ》〟ということになる……でも、どうなんだろう。わからない。これは私だけなのかもしれないが、ほんとうのわれわれは〝貝のように閉ざされている〟という感覚がある（そう、これは感覚ですらあるのだ）。私たちは、門のところにある監視部屋からじっと外を見つめ、ガラスの覗き窓を通して色目を使う青ざめた背の低い召使いたちなのだ。なにひとつ確信を持って言えることがない。ご主人様が留守なのかどうかということすら……。

扉が開く……妻だ。「ベッドに行くわね」と彼女は言う。

私はぼんやりと顔を上げ、ぼんやりと言う。「ベッドに行くんだね」

「ええ」小さな沈黙があって、「忘れないでね。玄関のガス灯は消してちょうだい」

私はふたたびオウム返しに言う。「玄関のガス灯だね」

一時期は――昔のことだが――私のこの癖が――今ではもうはっきりと習慣になってしまったが、そうではなかった頃――二人の間の楽しい冗談だったことがある。なにかに没頭していた私が、何回かほんとうに話を聞いていなかったことがきっかけだった。気づくと、彼女は首を振りながら私を見て笑っていた。「なんにも聞いてないんだから！」

「うん。なんだって？」

なぜ彼女はあんなことがうれしくて笑ったのだろう？　彼女はほんとうによろこんでいた。「もう。あなたらしいわね！　それってほんとうに――」そんな私が愛おしいという気持ちが伝わってきた。部屋に入ってきて私の邪魔をするのを楽しみにしているのがわかった。そこでわたしは――誰もがするように――調子を合わせた。午後十時半には、かならず仕事に夢中になっておくというのが、きまりごとになった。だがなぜ今もつづけているのだろう？　私のほうから小芝居を止めるのは、なぜだか残酷な気がする。つづけるのがいちばん簡単なのだ。それにしても、なぜ彼女は出て行かない？　今晩はなにをぐずぐずしているのだろう？　やっと出て行くぞ。いや、手がドアノブにかかったままだ。ふたたびくるりと振り返って、きわめて奇妙で小さくて息も漏れないような声で言う。「寒くない？」

あんなにみじめなようすをしてみせるなんて、ずるいじゃないか！　まったくいまいましい。全身にぞっと身震いが走る。左手で辞典のページを繰りながら、私はようやくのことで、「いいや」とゆっくり声を絞り出した。

＊互いに満足ならば〝よかった（タン・ミュー・プル・ヌー）〟、不幸なら〝しかたない（タン・ピ）〟フランス語の慣用表現。いずれの場合も、「(私にとってはどちらでもいいけど) よかった／しかたない」というニュアンスがわずかに含まれる。

彼女は出て行った。今晩はもう戻ってこない。それで――私だけではなく――部屋のようすも一変する。年老いた俳優のようにくつろぐのだ。仮面がすこしずつ拭《ぬぐ》い落とされ、ぴんとはりつめた表情はむっつり考え込む雰囲気へと変わる。すべての皺《しわ》、すべての襞《ひだ》から疲労が立ちのぼる。鏡は静まり、灰は白くなり、私の陰険なランプだけが燃えつづけている……だが、こうしたものすべてが私に向けているのは、なんと皮肉な無関心だろう！　もしかして、そのことをよろこばなければならないのだろうか？　いや、私たちはわかり合えている。オオカミに育てられ、群に受け入れられた子どもたちの話をご存じだろう。彼らはいつまでも、灰色の毛をした俊足の兄弟たちの間を自由に動き回る。おなじようなことが私にも起こったのだ。だがまてよ！　オオカミの例はあてはまらないぞ。不思議だ！　書きとめる前、まだ私の頭の中にあるうちは、その言葉に夢中だった。私の言いたいことを表しているだけでなく、示唆しているように見えたのだ。だが書きとめたとたんに、嘘くささが匂い立つ……その匂いの源にあるのは、俊足という単語だ。そうでしょう？灰色の毛をした俊足の兄弟たち！「俊足」なんて、ぜったいに使わない言葉だ。「オオカミ」と書きつけたときに、影のように私の頭をかすめ、その誘惑に抗《あらが》えなかった。教えてもらいたい！　簡潔に――簡潔のみならず〝声をしのばせるように《*ソット・ヴォーチェ》〟――書くということが、なぜこれほどまでに難しいのか。おわかりだろうか。私はそういう風に書きたい。洗練された効果や絢爛豪華な演出はいらない。嘘つきだけが口にできるような、ただむき出しの真実を書きたいのだ。

III

煙草に火を点け、後ろにもたれかかって深く吸い込む――そうしながら、妻は寝ただろうかと考えている自分に気づく。もしかして、冷たいベッドに横たわったまま、暗闇を見つめているのだろうか。あの疑うことを知らない、困惑したまなざしで。道路脇を牽《ひ》かれていく牛のような目だ。「なんで連れて行かれるの――わたしがなにをしたというの？」とはいえ、私のせいであんな目つきになったわけではない。生まれつきの表情だ。ある日、食器棚を掃除していた彼女は、学生時代に撮られた古い写真を見つけた。堅信礼*のドレスだという。そこには、もうすでにあの目があった。彼女

＊〝声をしのばせるように（ソット・ヴォーチェ）〟　音楽用語で、「音量を抑えて」「小声でささやくように」の意味。
＊堅信礼　キリスト教における儀式の一つ。信仰告白式とも呼ばれる。幼児洗礼を受けた者が成人したときに、ここで改めて信仰告白をおこない一人前のキリスト者として認められる。

にこう言ったのをおぼえている。「いつもこんなに悲しそうな顔をしていたの?」肩越しに覗き込んだ彼女は軽く笑い声を上げた。「そんなに悲しそう? こういう顔なのよ……わたしって」そして彼女は、私の言葉を待った。だが私は、そもそもあんな写真を見せた彼女の勇気に驚嘆していた。ひどい写真だったのだ! 自分の容姿が劣っていることに気づいていないのだろうか、と私は再びいぶかった。愛し合う者同士は、互いに批判を向け合うことなくすべてを受け入れるものだと考えて、自分を慰めているのだろうか。それとも、自分の見た目がほんとうに気に入っていて、私がなにかほめ言葉を口にするとでも期待していたとか。

ああ、自分の下劣さをさらけ出してしまった。彼女が何度となく明かりを避けるために顔を背《そむ》けて、私の肩に押しつけてきたことをぜんぶ忘れていたなんて。なによりも、結婚式の日の午後、植物園の緑色のベンチに二人で座り、バンド演奏に耳を傾けていたときのことを忘れるとは。曲の合間に、急に私の方を向いたかと思うと、「芝生は濡れていると思う?」とか「お茶にしましょうか」とでも言うような声で言ったのだ。「ねえ、肉体的な美しさって、そんなに重要なのかしら?」彼女が、その質問をどれくらい練習したのかについては、考えたくない。私の答えをご存じだろうか? まさにその瞬間、私が号令を発したかのようにバンドの明るく強烈な音がどっと押し寄せてきたのだ。それでどうにか陽気な調子で、音楽に負けじと声を張りあげることができた。「なんて言ったのか聞き取れなかったよ」なんという邪悪なふるまい。いやもしかすると、完全にそうとも言いきれないかもしれない。彼女は、外科医にこう言われた哀れな患者のような顔をしていた。「手術は絶対に必要です――ただしいますぐにではありません！」

Ⅳ

こう書くと、私と妻が幸せでなかったという印象を与えるかもしれない。だがそれは違う！　違うのだ！　私たちはすばらしく光り輝くように幸せだった。夫婦の鑑《かがみ》だった。いつでもどこでもいい。あなたが私たちを見かけたとしよう。後をつけ、住処《すみか》をつきとめ、監視し、完全に警戒を解いている私たちの姿を見たとしても、こう言わざるを得なかっただろう。「あの二人ほどお似合いのカップルはいない」それも昨秋までのことだ。

だが、そのときに起こったことを説明するためには、過去へ過去へと戻らなければならない――どんどん小さくなり、二つの手で手すりの柱にぐいとつかまると、手すりが私の頭より高いところにあった頃、音をたてず静かに行ったり来たりしている父の姿を柱の隙間からじっと見つめていた、あの頃にまで遡《さかのぼ》らなければならない。踊り場には色つきガラスの窓があった。父が階段を上ってくると、禿《は》げた頭がまず深紅になり、それから黄色になった。私は怖くて震えあがったものだ。そして寝かしつけられると、父の持っている大きな色つきのボトルの中で暮らす夢を見た。父は薬剤師だったのだ。私は、結婚九年目の子だった。ひとりっ子だ。私なんかを――小さく弱々しい子どもだったにちがいない――産み落とすためにですら、母は持てる生命力をすべて使い果たした。以来、彼女が寝室を離れることはなかった。ベッド、ソファ、窓辺。移動したのはこの三点の間だけだった。母の姿が目に浮かぶ。

「窓辺」の日には、腰をおろし、頬づえをつきながら外を見つめている。彼女の部屋は通りに面していた。正面の壁には、旅回りの見世物やサーカスやなんかの広告がべたべたと貼りつけられていた。母の傍《かたわ》らに立って、いっしょに見入ったものだ。浅黒い肌の男の頭をパラソルで殴る赤いドレスのやせた女。あるいは、ジャングルの茂みからにらみつける虎と、その近くで鼻の上に瓶をのせてバランスをとる道化師。あるいは広いコットン帽をかぶった黒人の年寄りと、その膝の上にのっかった金髪の少女……。母はなにも言わない。

「ソファ」の日には、大嫌いなフランネルのガウンと、固いソファからたえずすべり落ちていたクッション。拾いあげるのは私だ。花と文字が刺繍されていて、意味を尋ねると、彼女はささやいた。「甘美な休息を！」

「ベッド」の中では、小さくギュッと編まれたおさげにして、その指はキルトの縁を編んでいる。唇は薄い。

母の思い出はこれだけだ。最後に起こったあの奇妙な〝エピソード〟以外は。

父に関しては……部屋の隅にはスポンジを保管するための丸い箱があった。私はその上で丸くなって、あまりに長い間、父をじっと見つめたものだった。そのせいで、腰の高さにあるカウンターで切断された父の映像が私の記憶に刻み込まれているようだ。完全に禿げたぴかぴかの頭は細長い卵のかたちをしている。皺《しわ》のよったやわらかいほっぺた、目の下の小さなたるみ、取っ手のように大きくてあおざめた耳。身ぶりはひかえめでずる賢い感じがあり、かすかにおもしろがるようなところと図々しさが混ざっていた。その良さを理解できるようになるはるかに前から、私は父の中で混ざりあうそうしたさまざまな要素に気づいていた……。おきまりの居場所だった部屋の隅で、父のまねすらしたものだった。まえかがみになって、かすかなせせら笑いを再現するのだ。

夕方には、お客のほとんどが若い女性だった。毎日やってきて、父の有名な五ペニーの強壮剤を買っていく者もいた。彼女たちのけばけばしい服装、声、奔放なふるまいは私を夢中にさせた。父になりたいと強く願ったものだ。そして、カウンター越しに青みがかった液体の入った小さなグラスを渡すのだ。客はそれをむさぼるように飲み干した。成分はだれも知らない。何年も経ってから、ちょっと味見してみたことがある。頭にひどい一発をくらったように、気が遠くなった。

ある晩のことを、はっきりと憶えている。寒い日だった。お茶の時間の後でガス灯が点けられたから、秋だったのだと思う。私はいつもの隅っこに座っていて、父はなにかを混ぜ合わせていた。店はからっぽだった。突然、鐘がガランガラン鳴り、若い女性が飛びこんできた。あんまり大声で泣き、はげしくすすり上げるものだから、うそくさく感じられたほどだった。毛皮で縁取りされた緑のケープを身にまとい、帽子にはサクランボがぶら下がっていた。父が衝立《ついたて》の向こうから姿をあらわしたが、彼女はなかなか感情を抑えられなかった。店の真ん中に突っ立って、両手を握り合わせたままうめき声を上げたのだ。あんな泣き声はあれから一度も聞いたことがない。やがて、ようやくのことで言葉を絞り出した。「強壮剤をちょうだい！」そして深く息を吸い込むと、父から離れたところでわななき、声を震わせた。「ひどいことがおこったの！」ゆらめくガス灯の明かりで、顔の片面全体が腫れて紫色になっているのが見えた。唇は裂け、まぶたは濡れた目玉の上にゴム糊でできとうに貼りつけたみたいだった。父は、カウンター越しにグラスを押しやった。女はストッキングから財布を取り出し、代金を払った。だが彼女は飲めなかった。グラスを握りしめ、前方をにらみつけて、その瞬間に見ているものが信じられないというような顔をしていた。顔を下に向けようとするたびに、涙が溢《あふ》れ出た。結局、彼女はグラスをカウンターに戻した。ダメだったのだ。片手でケープを押さえて、入ってきたのと同じ方向に駆け出していった。父の表情は変わらなかった。だが彼女が去ったあとだいぶ時間が経ってから、私はいつもの隅っこにうずくまった。今考えると、全身が震えていたように思う――「外ではあんなことが起こってるんだ」私は考えた。「外はあんなふうになってるんだ」

V

子どもの頃の記憶はお持ちだろうか？　〝すべて〟憶えていると断言する作家たちが書いた不思議な話も数多い。しかし私はちがう。暗闇に覆われた空白の部分のほうが、明るい風景の断片よりもはるかに大きいのだ。私はまるで、食器棚の中に置かれた植物のように子ども時代をすごしたようだ。ときおり陽が出ると、ぐいっと乱暴に窓際に出され、またぞんざいにさっとしまわれる——それだけだった。それにしても、暗闇の中ではなにが起こっていたのだろう？　成長していたのだろうか。茎は弱々しく……葉っぱはおずおずとして……白いつぼみはなかなか花開かない。学校で嫌われたのもあたりまえだ。教師たちにまで避けられていた。私の弱くためらいがちな声が、彼らをうんざりさせているのが、どういうわけかわかっていた。それに、ぎょっとしたようにじっと見つめる私の目から顔を背けることにも気づいていた。私は小さく痩《や》せていて、薬局くさかった。あだ名は「粉薬のグレゴリー」。校舎はブリキ製で、はげ山の斜面にへばりつくように立っていた。じくじく湿った泥の斜面には、赤い筋が血液のように何本も走っていた。私は、コートがずらりと引っかけられている暗い廊下に隠れては、教師の一人に見つかる。「そんな暗いところでなにをしてるんだい？」ひどい声だ。目の前で死んでしまいそうになる。私は突き出した頭に取り囲まれている。ニヤニヤしている顔、意地汚そうな連中、唾を吐く者たちもいる。それにいつでも寒い。大きな雲が、ひしめき合いながら空を流れている。学校のタンクの錆びた水は凍りついていて、鐘の音もかじかんで聞こえる。

　ある日、連中は私のコートのポケットに死んだ小鳥を入れた。家に着いたところで気がついた。怖ろしいくらいにやわらかくて冷たい小さな死骸。それを引っ張り出したとき、なんて不思議なときめきを感じたことだろう。両脚はピンのように細く、爪はぎゅっと閉じていた。庭に続く裏口の階段に座って、帽子の中に鳥を入れた。首回りの羽毛は濡れているようで、閉じた両眼の上に小さな房《ふさ》が立っていた。くちばしの固く閉ざされていたこと！　継ぎ目すらわからなかった。私は片方の翼を広げて、裏側にある秘密の綿毛に触れた。それから爪を小指にひっかけてみた。だが、かわいそうだとは思わなかった――まったく！　不思議だった。うちの台所の煙突から出た煙が下におりてきて、煤《すす》の薄いかけらが舞った――空中をやわらかく、軽々と。裏庭のセメントには大きな亀裂があった。割れ目からは、みすぼらしい植物の鈍く赤みがかった花が顔を出していた。私はもう一度死んだ鳥を見た……そのとき、私は生まれてはじめて歌った――正確には……私は小さな鳥籠となり、その中で鳴く、声なき声に聴き入ったのだった。

Ⅵ

それにしてもこんなことが、私の結婚生活の幸せと何の関係があるのだろう？　妻と私にどんな影響があるというのか？　なぜ――去年の秋に起こったことを語るために――これほどまでに「過去」へと駆け戻るのか。「過去」――「過去」とは何だろう？　みすぼらしい植物の葉っぱにのった星の形をした煤の薄いかけらや、帽子のキルトの裏地の中に横たわる鳥の姿、そして父のすりこぎや母のクッション。こうしたものは過去に属しているといえるだろう。だが、この目で見てこの指で触れたあのときに比べて、今では遠い存在になってしまったということではない。むしろもっと近しい――私の一部分として生きているのだ。実際、今、この机に向かって座っているこの私という存在は、私自身の過去以外の何者だろう。過去を否定すれば、私は何者でもなくなる。それにもし自分の人生を幼年期、青年期、前期成人期といった具合に分けていったとしても、気どった飾り付けのようなものになるだけだろう。幼年期には緑のインク、次の時期には赤インク、それに思春期には紫のインク。そんな具合に線を引いていくのが、単にひどく気持ちよくてやめられないからやっているに過ぎない。その事実を自分でわかっておく必要があるのだ。私はひとつだけ学んだ。信じていることがひとつだけある。つまり、「何ごとも前ぶれなしには起こらない」そう。たぶんそれが私の信仰なのだろう。

たとえば母の死。以前よりも遠い出来事になっているだろうか？　その近さ、奇怪さ、不可解さという点ではまったく変わらない。数え切れないくらい何度も死の状況を思い出してみた。それでも、夢を見ていたのかほんとうに起こったのか、今でも当時とおなじくらいわからない。あれは私が十三のときのことだった。私は、踊り場にあった細長い小さな部屋で寝ていた。ある晩、はっと目を覚ますと、ネグリジェを着た母がいた。大嫌いだったフランネルのガウンすら羽織らないまま、私のベッドに腰かけていたのだ。だが奇妙だったのは彼女がこちらを見ていなかったことで、そのせいで私はゾッとした。うなだれて、短く厚みのない髪の毛が両肩の間に垂れていた。両手は腿の間でギュッと押しつけられ、ベッド全体が揺れていた。母は震えていたのだ。部屋の外で母の姿を見るのははじめてだった。私は言った。言ったように思う。「お母さんなの？」こちらを振り向くと、月明かりの中に母の顔が浮かび、ひどくようすのおかしいことがわかった。顔面は小さく――別人のようだった。学校でプールの時間に、階段の上に座ったままガタガタ震えながら屋内に戻りたいけどそれもこわくてできないという生徒がいるが、母はそんな姿を思わせた。

「起きてるの？」彼女は言った。両眼が開いた。そして笑ったような気がする。こちらに身体を傾けて、「毒を盛られたの」とささやいた。「お父さんに毒を飲まされたの」そしてうなずいた。こちらが何か言う間もなく母は立ち去った。ドアの閉まる音が聞こえたように思う。私はじっと座りつづけた。身動きできなかった。次に起こることを待ち構えていたのだと思う。長い間耳を澄ましていたが、物音はしなかった。

ベッド脇にはロウソクがあった。だがマッチのために手をのばすのが怖かった。ところが、そうやって迷いながら心臓がドキンドキンと脈打つ間にも、すべてが曖昧模糊《あいまいもこ》としていった。私は横になり、毛布にくるまった。睡《ねむ》りに落ちると、翌朝、母は心不全で死んでいた。

母はほんとうにやって来たのか？　夢だったのか？　なぜ私に話しに来たのか？　あるいは、ほんとうにやって来たのだとして、なぜあんなにすぐに立ち去ってしまったのか。それに母の表情――怯《おび》えた顔をしながら、あんなに楽しげだった――あれは現実のものだったのか？　葬儀の午後、正装して帽子やなんかを身につけた父の姿を見て、私はすべてを信じた。黒々光る丸く背の高いあの帽子は、黒いワックスを塗られたコルクのようで、父の身体はひどくボトルに似ていた。顔の部分がラベルで――「致死性の毒《デッドリー・ポイズン》」と記されている。玄関で父の正面に立っていて、そんなことがパッと思い浮かんだ。あの日以来、父のことは、「致死性の毒《デッドリー・ポイズン》」、もしくは「ＤＰジジイ」と密かに呼ぶようになった。

Ⅶ

深々とふけてゆく。夜が好きだ。闇の汐《うしお》がゆっくりとみちてきて、暗い砂浜にばらまかれたすべての嘘、岩の穴に隠れたすべての嘘をくりかえしくりかえしかき回しては持ち上げ、浮かび上がらせてはゆっくりと洗い流す。私は好きだ。この奇妙な漂う感覚が好きなのだ——だがどこへ向かっているのだろう？　母が死んでから、私はベッドに入るのがイヤになった。窓際に座り、両膝を抱えて空を見上げたものだ。月は太陽よりもずっと早く動くように見えた。そして、ある大きくて明るい緑色の星を自分のものと決めた。私の星だ！　でも、私をさし招いたり私のために陽気にまたたいていると思ったことは一度もなかった。冷酷で、無関心で、壮麗——はかない夜に燃え立っていた。にもかかわらず——それは私のものだったのだ！

ところが、窓にまで伸びてきたつる草があった。ピンクや紫の小さな花がひとかたまりになって咲いていて、こいつらはたしかに私を知っていた。夜中に触れてみると、私の指をよろこんで受け入れたのだ。小さなつるはあまりに弱々しく繊細で、私が決して傷つけないことをわかっていた。風が葉っぱをゆさぶると、彼らの震えが伝わってくるような気がした。窓に近づくと、花たちはささやき合うようだった。「あの子が来たよ」

何カ月か経つと、階下の父の部屋にはしばしば明かりが灯《とも》るようになった。話し声や笑い声が聞こえた。「だれか女の人といるんだ」と私は思った。だがまったく気にならなかった。やがて、陽気な話し声や笑い声を聞いているうちに、あれは夕方になると店に来ていた女の子たちのひとりじゃないかという気がした――次に私は、どの子かと想像しはじめた。赤いコートを着てスカートをはいた、肌の浅黒いあの子だ。一ペニーくれたことがある。陽気な顔がぐっと近寄ってきて――あたたかい息が首すじをくすぐった――長いまつげの先には黒い小さな玉がついていて、私にキスするために両腕を開くと、すてきな香りの波が押し寄せてきた！　そうだ。ぜったいあの子だ。

しばらくすると、私は月や緑の星や、はにかみやのつる草のことを忘れた――窓のところに行っては、父の部屋の窓に明かりが点き、笑い声が聞こえてくるのを待つようになった。やがてある晩、彼女が再びやって来る夢を見た――再び私を引き寄せ、やわらかくていい香りを放つあったかくて陽気なものが、雲のように私を包み込むのだ。だが私が見ようとすると、彼女の両眼は私をばかにするばかりだった。赤い唇が開き、シーッと言った。「こそ泥ちゃん！　ズルはダメよ！」だが怒ってはいないようだった――私のことをすべてわかっているようで、どういうわけかその笑顔はネズミのようで――すごくイヤな感じだった！

次の晩は、ロウソクを灯してテーブルに座った。炎が落ち着く頃には、溶けたロウの小さな湖ができていて、それを白くなめらかな壁が囲んでいた。私は、ピンを使って壁に穴を開けては、ロウが溢れ出す前にまた閉じた。やがて、ロウソクの炎もその遊びに加わっているのだと空想した。跳ねたり、震えたり、揺れ動いたり。笑っているようにすら見えた。だが、ロウソクで遊びながらほほえんだり、壁の上に飛び出た白く小さい峰の部分を突き崩しては湖面に浮かべたりしているうちに、おそろしいまでの倦怠感《けんたいかん》が私を捉えた——そう、この言葉が正しい。そいつは両膝から両腿へと這《は》い上がり、両腕へと達した。みじめさに全身が痛んだ。身動きができない。きわめて不思議な感覚だった。なにかがテーブルのその位置に、私をしばりつけていた——人差し指と親指でつまんだピンですら落とせなかった。すこしの間私は、いわば完全に静止していたのだ。

やがて、しなびた莢《さや》がぽとりと落ちて、食器棚の植物が開花した。「私は何者なのだろう?」私は考えた。「これって、いったい何なんだろう?」そして私は自分の部屋を、ハンネマンという名の男の壊れた鏡像を、封筒みたいな枕のある自分の小さなベッドを見つめた。私はすべてを目にした。だが、こんなふうに見るのははじめてだった……あらゆるものが生きていた。すべてのものが。だがそれだけではなかった。私も同じように生きていて——こういうふうにしか表現できないのだが——壁は崩れ去り——私は自分自身の世界に足を踏み入れたのだ！

Ⅷ

壁は崩れ去った。私は生来、小さなのけ者として生きてきた。あの瞬間まで、だれも私を〝受け入れてくれた〟ことがなかった。ひとりさびしく食器棚の中に、あるいは洞窟の中に横たわっていたのだ。だが今や私は取り出された。受け入れられ、求められていた。意識して人間の世界から顔を背けたわけではない。最初から人間の世界のことなど知らなかったのだ。だがあの夜以来私は、言葉では言い表せないくらい自覚的に、物言わぬ兄弟たちへと顔を向けた……。

第四閲覧室

「よるべなくてせつない」

家に帰るということの
難しさという絶望に

［ドイツ文学棚（小さな文学）］
ぼくは帰ってきた
フランツ・カフカ
［頭木弘樹 新訳］

「家に帰ること」は、じつはとても難しいことではないでしょうか？

この物語のように、久しぶりに実家に帰るのではなくても。

今朝《けさ》出てきた家に、夕方帰るのであっても。

本当は、自分が帰ってもいい家、自分をあたたかく迎えてくれる家なんて、どこにもないのではないでしょうか？

フランツ・カフカ

1883－1924　小説家。夏目漱石より年下で芥川龍之介より年上。現在のチェコの首都プラハに生まれ、ドイツ語で小説を書いたユダヤ人。生前はほぼ無名で、サラリーマン生活を送った。三度婚約し、三度婚約解消。生涯独身で子供もなかった。主な作品に『変身』（芥川の『羅生門』と同時期）『訴訟（審判）』（漱石の『こころ』と同時期）『失踪者』『城』など。四一歳の誕生日の一カ月前、結核で死亡（同年、安部公房が誕生）。

ぼくは帰ってきた。

玄関を通りぬけて、あたりを見まわす。

父の古い中庭だ。まんなかに水たまりがある。使いものにならない古い道具類が、もつれ合ったように置かれていて、屋根裏部屋への階段をふさいでいる。階段の手すりのところで、猫がじっとこちらの様子をうかがっている。昔ふざけて竿《さお》にくくりつけたぼろ布が、風にはためいている。

ぼくは帰ってきたのだ。誰がぼくを迎えてくれるだろうか？　勝手口のドアのむこうで誰が待っていてくれるだろうか？　煙突から煙が出ている。夕食のコーヒーを沸《わ》かしているのだ。

懐かしい？　わが家に帰ったという気がする？　自分でもよくわからない。ひどく心もとない。

たしかに父の家にはちがいない。しかし、そこにあるひとつひとつのものが、どれもよそよそしく感じられる。それぞれ、ぼくが忘れてしまった仕事や、ぼくの知らない仕事に、没頭しているかのようだ。それらのものたちにとって、ぼくは何の役に立つだろうか。たとえ老農夫である父の息子だとしても。それらのものたちにとって、ぼくは何者だろうか。

思い切って勝手口のドアをノックしてみることもなく、ぼくはただ遠くから聞き耳を立てる。立ち聞きしているところを見つからないように、遠くに佇《たたず》んで、ただ耳をすましてみる。しかし、遠くからでは、何も聞こえない。時計が時を告げる音がかすかに聞こえるだけだ。それも、子どもの頃の思い出からくる空耳かもしれない。台所で何が行われているかは、そこにすわっている人たちだけの秘密であり、ぼくには隠されている。

ドアの前でためらえばためらうほど、ますます自分がよそ者のように感じられてくる。いま誰かがドアを開けて、ぼくに何か問いかけてきたら、どういうことになるだろうか。そのときはぼくも、自分の秘密を隠そうとする人のような態度をとってしまうのではないだろうか。

居場所がどこにもないという絶望に

［マンガ棚］

ハッスルピノコ

（『ブラック・ジャック』より）

手塚治虫

あらゆる物語の中でも、ピノコほど特異で、よるべないキャラクターはないでしょう。

なにしろ、畸《き》形《けい》嚢《のう》腫《しゅ》から生まれているのです。一九歳でもあり、幼児でもあります。親も彼女の存在を知らないかもしれません。知っている姉からは拒絶されています。

ブラック・ジャックからも養子に出されたことがあります。

そんな彼女の奮闘《ふんとう》です。

手塚治虫（てづか・おさむ）

1928－1989　漫画家、アニメーション作家。兵庫県宝塚市出身。大阪帝国大学附属医学専門部卒業、医学博士。それまでの漫画の概念を変え、新しい表現方法でストーリー漫画を確立し、〝マンガの神様〟と呼ばれる。日本で最初の連続ＴＶアニメーション『鉄腕アトム』も手がける。『ジャングル大帝』『リボンの騎士』『ブラック・ジャック』『三つ目がとおる』『火の鳥』『ブッダ』など代表作だけでも膨大な数。

ブラック・ジャック

ハッスルピノコ

ンーンー
ンーンー
ンーンー
ピノキヨちゃん ちっちゃい 木ぼいの ピノキヨちゃん
ネクタイ むちゅんれ ろこいくの ピョンコ ピョンコ ピョンコ レートちに
ばかに うかれてるな
はゆだ もーん
そうだ…… もうすぐ春だ おまえも 満一歳に なるな
十九 でちゅウ
しかし 戸籍上は 一歳だ
べー
おまえ また みそ汁ん中に ソースを いれたなっ

まだ まだ これでは十九歳というわけにはいかん
アッチョン ブリケ
じゃあ いってくる
いって やっちゃい
やっやっややや ややや……
あちーの ぷあんさー
ゆう びん
え―― 書留が ひとつ……
そえ!!
プチュ

卒業証書
ピノコ
あなたは 秋田通信教育
進学講座の 全課程を
終り めでたく卒業しました
本講座卒業証書をここに
おくり 進学のための学
業成績保証をいたします
学長
やった——
ワーイ
ワーイ
キャー
ウァーイ
ビ

フム フム なるほど で 入学したいって いうのはどなた? おじょうちゃん
あたち
じょうだんは やめてよ…… えっ? ほんとに あなたが?
そりゃあ できませんよ
ろうちて!!
ここは 高校ですよ 十四歳未満は 受けられません
しつえい しちゃうわ のよ!!
こえれも 十九歳に なんのよさ!!

そりゃ無理よ どう見たって 七歳だよ おじょうさん
それに おとうさんか おかあさんは このことを 知ってるの？
入試には 保護者の 面接もあるよ
ナイチョ なのよさ ………
そりゃだめだよ たとえ入学できたと しても 入学金は 払えるのかい？ 学費はどうするの
ピノコ お勉強ちたい よのさ ………
そりゃ わかるよ わるいこと いわない から 小学校へ まず おいで ね ね
ばかに しないれ!!
子よも に 見ないえ よ!!
その通信教育 ちゃーんと いっぱしに卒業 したわのよ!!
アハ！ こんなもの
通信 教育にゃ 金さえ 払えば 成績なんか どうでも 卒業させて くれるとこも あんのよ!!
ププ

ピノコ
ピノコ どうした
なんか いいたそう だな
かぜでも ひいたのか
なにを 買ってくれっ てえんだよ
学校へ いきたい よのさ
だって おまえ いつか 幼稚園 へいって とび出したっ てエじゃんか

ピノコ十九らあ〜ア〜ン
わかったわかった
じゃあどういう学校なんだい？
高校か女子大受けたい
れなけや花嫁学校れもいいの
いいか…おまえはまだ学校は早いんだ!!
うちにいたってテレビや本で勉強できる！そのほうがずっと勉強になる！
りやッ
なんべんもこのことについてはいい聞かせたはずだ
学校なんかいかなくてもよろしい!!
ピノコの通信教育の免状よのさ
そえよんれ!!
いつのまにとったんだい
イッパれちょ!!
先生にナイチョれやったよのさ

よく やったけど これは学校じゃない
通信教育と学校とはちがうんだ
ウアーー
ワ〜ア〜〜〜 ウッ ウッ ウッ ワァー ワァー ウッ ウッ ウッ ウェッ ウェッ ウェッ
せっかく女医ちゃんになっておてつらいしようと思ってんらのに
先生みたいな無免許医師になようと思ってんのにィ
それだけよけいだ!!

――つまり ピノコは 十八年間 姉の体内に 同居して たわけで
姉と同時に 生まれたと 考えれば 十九歳に なります
――ややっこ しいです ねー
しかし 戸籍上が 一歳では どう しようも ありませんよ
小学校から おやりに なればいいで しょう
だから 特別に おねがい にきた わけなん ですよ…
バサリ
なんですか これはっ
こんなもん 受け取れ ませんっ
そらあそう でしょうねえ 私も 裏口入学が できるとは思いません
だから
こんな札束 むだだった
もやし ちまい ましょう

ワーッ
もやす
くらいなら
もらいますっ
ピノコ
入試の日は
二十八日だぞ
!
?
え〜〜〜っ
ウアーイ
先生すき
先生大すき
先生ウーンと
いっぱい大すき!!
おい
まだ受かった
わけじゃないぞ

先生 キチュちて あげゆ チュッ チュッ
それより 勉強のほうは 大丈夫なのか
らいじょぶ 見て!! おまもいも こんなに あゆ!
いちおう な………
ロシア語…… トルコ語…… スワヒリ語 なんだこれは
読みも しないのに
こんなのを そろえたって しようがない じゃないか
いちおう アクチェチャイーに おいてみたのよさ
おまえはまだ 勉強というものの ほんとうの意味が わかってないのだ
いままで ああいった まとまった勉強は一回も やったことがない
心配だ
ピノコのやつ たえられる かな………

すんら
れきた
れきた!!
ゆめ?
ガーッ
カリ
……
こんろこそ
れきた!
また
ゆめ?
いやんなっちァう
わのよね
ワッ
また
ゆめか
どっちか
はっきいして!!
ゆめなの!?
ほんとなの!?

──試験のまえに
ひとつだけ
聞いとくが……
おまえ
勉強がすき
なのかい？
あんまい
ちゅきじゃ
ないよのさ
れも
学校は
らーいちゅき
そうだと
思った
ちんぱいちないれ
きっと満点取って
入学すゆかや
だめでも
悲観するん
じゃないぞ
受験番号
一〇〇一から
一一〇〇までの
諸君は
五〇五教室へ
ピノコ
一〇三二！

みなちゃん ちっかい やいま ちょう よのさ
答案用紙 くばるで ごんす
時間は一時間 心にゆとりを もって慎重に 書くように…… 合格を祈る
開始
そこの…… きみ！ キョロ キョロしないで！

一〇三二番の受験番号の父兄のかた！至急おいでください！
受験人が急病です！いま医務室に
やっぱりかっ
試験がはじまってものの三分もたたないうちにとつぜん痛がりまして
こりゃあすぐ外科的処置をしなければあぶない重症ですぞ
痛みの性質といい上腹部のしこりといい
急性胆嚢炎ですなこりゃあ
いや…そうではないでしょう……
ちょっと………
おどろきましたなあの子は……いったいどういうことです？からだがほとんど合成繊維ですよ！

あの子はもと嚢腫でしてね　人間の姿につくってやったのです
信じられん…
だから脳も神経もまだ未熟なのですとても試験なんて雰囲気にたえられるような神経じゃないと思ってた…
おそれていたことなんです
つれて帰ります　うちでなんとか治療しましょう
おさしつかえなければ参考のためにわしも治療を拝見させていただけんかね
いや……それだけはおことわりしたい
お世話をかけました
ウ〜〜ン　ウ〜〜ン
しっかりしろ　すぐ治してやるぞ

ウ……ウ……ウ……
ウ……ウ……ウ……
先…生…ピノコ……死…ぬ…の？
そんなことは考えるなっ
すぐすむからおとなしくねむるんだ
…………

——おかしい やっぱり 胆嚢炎の気配は ないぞ……
胆嚢も正常 輸胆管にも 狭窄《きょうさく》や胆石がなく 肝臓にも異常が ない!!
それなら なぜ 激痛や はきけが 起こるのか?
そうだ! 神経のせい なんだ!!
これは たぶん胆道 ディスキネジー だな
胆道の 緊張が異常で 胆道がつまって しまうんだ
こいつは もう 精神的にしか 治しようが ない!!

たぶん あの試験場でピノコは極度の緊張をしたんだろうな…
もともと完全な肉体でないピノコの精神は……
あの試験場のきびしさにはもちこたえられなかったんだ
だから神経が緊張して
からだに異常が起きたんだろう
……これでは入学はとても無理だな…
先生…………
ピノコ…試験らめだったのよね
そんなことは心配せずにねむりな
ピノコもう治っちゃった また こんろもう一ろ受けてみゆかや

いいかピノコ……おまえのからだはふつうの人間とちがうってことを知ってるだろう？
うん
らかや……また こんろ 受けゆ……のは……
幼稚園よ……
ピノコ 幼稚園かや ややなきゃ らめよのね……
こばと
ようちえん
園児募集
こばと幼稚園
さァ みんな 元気な声で お歌うたいましょ こずえちゃん お指しゃぶらないで ピノコちゃん こっちをむいて
ハイ

キャッ
だ
だれが
こんなこと
したの？
ア〜〜ン
ピノコちゃん
だよう
まさぶみちゃんを
ぶったの
それからこんなに
なったのオ
はあ……
はあ……
どうも…
そうですか
……
どうも…
もう
こなくって
いいとよ
……………
くよくよ
すんな！
幼稚園や
学校なんざ
ゴマンとあるさ

［閉鎖書庫　番外編］

入れられなかった幻の絶望短編

頭木弘樹

このアンソロジーに収録したくて、いろいろさがしたのですが、ついに見つけられなかった短編があります。

昔どこかで読んで、とても心に残っている物語です。トラウマのように、心に焼きついてしまった作品と言ってもいいかもしれません。

でも、タイトルも著者名もおぼえていないのです。

ミステリーに分類されていたと思います。著者は日本人のミステリー作家で、たしか医師でもあったと思います。医師が本業のため、作品数の少ない人だったと。

載っていそうな本をずいぶんさがしたのですが、見つかりませんでした。

ツイッターでも「知っている人いませんか？」と呼びかけてみましたが、わかりませんでした。

内容はよくおぼえています。

ある男性を好きになった女性が、自分の愛情を証明するために図書館にこもります。たしか、大学だか研究所だかの図書館で、夏休みの間、長期間閉じられることになっているのです。好きな男というのは、大学の先生か研究所の研究者で、その図書館をよく使うんだったと思います。

休み明け、図書館にやってきた男性は、餓死した女性を見つけることになるはずで、それが女性のもくろみなのです。その男性は、女性が餓死するまでの間ずっと書きつづっていたノートに気づき、それを読んで、女性の強い愛情に心を打たれるだろうというわけです。

そのノートが、この作品なのです。女性はトイレだかに隠れていて、図書館が閉ざされて無人になった後に出てきて、ノートを書き始めます。女性は、自ら死ぬことに、むしろ高揚しています。愛のためなら、死ぬことはまったく怖ろしくありません。ノートを読んだ男がどれほど感動するか、そればかりを楽しみにしています。

図書館の中なので、当然、飲み食いはできません（水だけは飲めたかもしれません）。飢え死にする気ですから、もちろん、そんなことは承知です。ノートには、飢えなんかに負けない愛がつづられます。

ところが、だんだん様子がおかしくなってきます。飢えが進んでくるにしたがって、さまざまな身体の変調が起きてきます。このあたりは作者が医師なので、描写がリアルで、読んでいるほうも、こんなことになっていくのかと驚かされます。

もう愛情どころではなくなります。飢えの苦しみがどんどん大きくなってきて、心を占めていきます。他のことはどうでもよくなっていきます。

「ひもじさと寒さと恋とくらぶれば恥ずかしながらひもじさが先」という江戸時代の狂歌がありますが、もう愛なんて消し飛び、飢え以外のことは考えられなくなります。

こうして、医学的な正確さと詳細さで、飢え死にまでの女性の苦しみ、叫びがノートに記《しる》されていきます。

どんでん返しなどはありません。そのまま死んでしまいます。

じつに怖ろしい話です。ただ、生理的苦痛がいかに大きく、絶対的であるかを描ききっているところは、ある種の爽快感もありました。

私の記憶による再現なので、ちがっているところがあるかもしれません。もし近い話をご存知の方がおられましたら、ぜひ頭木までご連絡ください（筑摩書房気付《きづけ》のお手紙か、ブログ、ツイッター、フェイスブックをやっておりますので、そちらを通じてお願いします）。

あとがきと作品解説

●絶望読書のすすめ

失恋したときには失恋ソングがいいように、絶望したときには絶望読書がいいと、私は思っています。

絶望読書とは、絶望した気持ちに寄り添《そ》ってくれるような物語を読むことです。より落ち込ませる物語でもなく、明るく励《はげ》ます物語でもなく、しみじみ共感できるような物語。

真っ暗な道をひとりで歩いて行くのは、とても心細いものです。そういうとき、ひとりでも連れがいれば、ぜんぜんちがってきます。そういう連れになってくれる物語を、本書では集めたつもりです。

●アンソロジー礼賛《らいさん》

私はアンソロジー（いろんな作家の作品を集めた本）が大好きです。

その面白さに目覚めたのは、筒井康隆が選者のアンソロジーに出会ったときでした。

SFもミステリーも純文学も、いろんなジャンルの作品が垣根《かきね》なしに、平気で並べられていたのです。さらにはマンガまで。その斬新さにびっくりしました。

そして、意外な作品と並べられることで、それぞれの作品のよさが引き立つのです。

アンソロジーに、こういう大きな魅力があることに初めて気づきました。

そして、あこがれました。いつか自分でも出してみたいと夢見るようになりました。

今回、その長年の夢をかなえる機会がついにやってきました。

選んだ作品は、「もしアンソロジーの選者になれたら、ぜひこの作品を入れたい」と願ってきたものばかりです。私は二十歳で難病になり、十三年間入退院をくり返す闘病生活を送っていました。活字嫌いで、本好きではない私ですが、その間に、ずいぶん物語に救われました。その十三年間で選び抜いたものでもあります。

それではこれから、収録作品についてひとつずつ簡単にご紹介させていただきます。

ネタバレもあるので、できれば先に本編をお読みになってください。

●三田村信行＝作＋佐々木マキ＝画「おとうさんがいっぱい」

「おとうさんがいっぱい」は、いつ読んだのかまったくおぼえていないのですが、にもかかわらず、ずっと心に残っていました。

大人になってから、ネット検索したら、私だけでなく他にも多くの人が、この作品をさがしていることがわかりました。「トラウマ児童文学」と呼ばれていました。子供が父親を選ぶシーンで、父親たちが一所懸命、子供の機嫌をとります。子供の頃の私は、そこを読んで、ちょっと小気味よさ、痛快さを感じたように思います。それだけに、次は自分が増えて、選ばれる側に立たされると知ったときの恐怖！選ぶ側に立っているときには、人は残酷なものです。自分にとって都合がいいかどうかという基準で選ぶのは、しごく当然のことに思えます。

しかし、選ばれる側に立ってみると、それはとても理不尽です。相手の都合だけで、自分が選ばれるなんて、とても承服できるものではありません。

この物語は、読者をまず「選ぶ側」に立たせ、それから「選ばれる側」に立たせることで、選ぶ側の心理と、選ばれる側の心理の両方を味わわせてくれます。

佐々木マキさんの挿絵《さしえ》が、またとてもいい雰囲気を醸《かも》し出しています。

●筒井康隆「最悪の接触《ワースト・コンタクト》」

筒井康隆の作品はぜひともと思っていましたが、個人的な感慨だけで入れたのではありません。「意思の疎通《そつう》の不可能性」は純文学でもよくテーマになりますが、それをこれほど面白く、これほど見事に描いた作品はちょっとないのではないでしょうか。

私の体験でも、病状という自分にとってとても大切なことを、医師に伝えるのさえ、とても難しいことです。六人部屋に入院して、二十四時間、強制的に他人と暮らし、うまくやっていくのも難しいですし、たいていの患者は家族とケンカします。

そんなストレスフルな人間関係の中で、このような突き抜けたものを読むと、本当にほっとしたものです。

●山田太一「車中のバナナ」

私は、このたった三ページの作品が、好きでたまりません。

なぜといって、「これこそ、私が人間関係で苦しんできたことだ！」という典型的な状況が、見事に表現されているからです。

じつはこれには後日談があります。このエッセイが、ある新聞のコラムで取り上げられ、そうすると、「なごやかになれる人たちがなぜ怖いのか」というハガキや電話があったというのです。そうやって問いつめるところが、まさに怖いわけですが。

それに対して、山田太一はハッキリ書いています。

「つまり、たちまち『なごやかになれる人』は『なごやかになれない人』を非難し排

除しがちだから怖いといったのだった」(『月日の残像』新潮文庫)
よくぞ書いてくれたと思います。まさに胸のつかえがとれるようです。
なお、ねんのため付け加えておくと、山田太一は子供の頃に戦争で食糧難を体験しています。栄養失調に苦しみ、口に入るものはなんでも食べた過去が忘れられず、今でも出されたものを残せないという人です。バナナを粗末にできる人ではないのです。
それでも、このバナナは食べないのです。

●ウィリアム・アイリッシュ「瞳の奥の殺人」

アイリッシュの作品のいちばんの魅力は、そのせつなさにあります。

なんらかの弱さを抱えた人が主人公のことが多いです。タフガイや推理の天才などは出てきません。彼が注目するのは、子供とか、女性とか、地方から都会に出てきてうまくいかなかった若者とか……。弱いがゆえに、物事がうまくいかず、追い詰められ、そこにサスペンスが生まれます。

その中でも、この作品はきわめつきと言えるでしょう。なにしろ、手足を動かせず、口もきけず、文字も書けないのですから。息子が今晩殺されるとわかっていながら、それを息子に伝えることができません。これほど絶望的なことがあるでしょうか?

こういうシチュエーションを思いつけるというのも、アイリッシュの魅力です。そのせつなさに、ひたりたくなるのです。

私は、つらい気持ちになったとき、アイリッシュを読みたくなります。

なお、テレビ朝日の土曜ワイド劇場で一九七七年十月二十九日に放送された「涙じっと見つめる目」は、これが原作です。桃井かおり、谷勇人らが出演し、ギャラクシー月間賞も受賞しています。いまだに強く記憶に残っておられる方も多いようです。

訳者の品川亮《りょう》さんは、翻訳家としては本書がデビュー作です。彼を初めてご紹介できるのは、本書の自慢のひとつです。英語の作品はすべて彼に訳してもらいました。「とにかく読みやすく」ということをお願いしました。期待以上の素晴らしい訳です。

●佐藤正彰・訳「漁師と魔神との物語」

マラルメやジッドやプルーストなどの作家たちが絶賛し愛読したのは、マルドリュス版と呼ばれる『千一夜物語』です(他の版もあります)。

そのマルドリュス版は、日本での翻訳にも恵まれ、岩波文庫版とちくま文庫版がありますが、どちらも素晴らしいです(同じマルドリュス版ですが底本が異なります)。

この物語は、壺《つぼ》に閉じ込められた鬼神《イフリート》が、百年ごとに心境を変化させていくところが面白いです。意外な心の動きですが、そういうものかもしれないと思わされます。『千一夜物語』では、シャハラザードが王さまに、毎夜さまざまな物語を語ります。そして、物語の中の登場人物が、また別の物語を語り出して……という入れ子構造の「枠《わく》物語」になっています。この物語でも、最後に漁師が鬼神《イフリート》に別の物語を語ろうとしています。つづきが気になる方は、ぜひ『千一夜物語』（ちくま文庫）の第一巻で。

●安部公房「鞄《かばん》」

亡くなっていなければ、おそらくノーベル文学賞を受賞したであろうと言われている作家です。海外での評価が高く、翻訳もとても多いです。

前衛的な作風で、「これはいったい何のこと？」と首をかしげる方もおられるかもしれません。でも、こういうことは、実際によくあることではないでしょうか。

たとえば、私の場合で言えば、病気が鞄でした。難病になったことで、それまではたくさんあった人生の選択肢が、怖ろしいほど限られたものになりました。自分で道を選ぶのではなく、病気を抱えていても進める道を進むしかありませんでした。いま書く仕事をしているのも、それがベッドの上でもできるものだったからです。

もちろん、これはごく個人的な読み方で、安部公房は病人のことを書いたわけではありません。しかし、そのように、自分にぐっと引き寄せて読むことが、まずは大切ではないかと思います。学校では「著者はどういうことを考えて、この作品を書いたでしょう？」というような読み方を習いますが、そんなことはむしろどうでもいいことで、自分にとってその作品がどう心に響くかということのほうが、よほど重要です。

みなさんにもきっと、自分にとっての鞄があるのではないでしょうか。

●李清俊（イ・チョンジュン）「虫の話」

私がこの物語に出会ったのは、カンヌ国際映画祭で賞をとった『シークレット・サンシャイン』という映画によってでした。パンフレットを見ると、原作があるとのこと。さがして読んでみると、私が衝撃を受け感動したシーンは原作にあるものでした。

そのシーンとはもちろん、主人公の女性が、息子を誘拐して殺した犯人を許すために、刑務所に面会に行くところです。犯人は「すでに、主《しゅ》の名によって自分のすべての罪を懺悔《ざんげ》し、主の許しと愛の中で心の平和を得たと語った」のです。

なんて思いがけないことでしょう！　でも、たしかにありうることです。

彼女は、恨みを晴らすことだけでなく、許しを与えることさえできなかったのです。

「でも、いったい誰が私より先に彼を許すっていうの。私が許していないのに、どこの誰が彼の罪を許せるというの？」

今回、第一回日本翻訳大賞を受賞された斎藤真理子さんに翻訳をお願いできたことも、本書の自慢のひとつです。「とにかく読みやすく」ということをお願いしました。

●川端康成「心中」

美しいイメージの純粋な結晶のような作品ではないでしょうか。美しいというのは、怖ろしいということでもありますが。読んだ人の心に一生残り続けるかもしれません。

私がこの作品について書いていることは、もちろんひとつの読み方でしかありません。たった三ページですが、もっと多様な読み方のできる、大きくて深い作品です。

私は川端康成を、伊豆の温泉で踊子といちゃついたり、雪国の温泉で芸者といちゃついたりしている人だと思っていました。ところが、『百年の孤独』のガルシア＝マルケスが、川端康成の『眠れる美女』を高く評価していると知り、意外だなあと試しに読んでみて、『眠れる美女』『片腕』『たんぽぽ』などの面白さに驚嘆しました。

「ショートショートの神様」と呼ばれる星新一が、「川端康成——『心中』に魅入られて——」でこう書いています（『きまぐれフレンドシップPART2』新潮文庫）。

「とても書けない。何度うまれ変ったって、これだけはむりなようだ」

「こんな作品が古今東西ほかにあるだろうか。存在すべきでないものを見た思い。その夜、睡眠薬をずいぶん飲んだにもかかわらず、私は眠れなかった」

「『伊豆の踊子』や『雪国』にはるかにまさる。さすがノーベル賞作家。近いうちに、このほうが有名になるだろう」

●シャーリイ・ジャクスン「すてきな他人《ひと》」

この作品と、次のキャサリン・マンスフィールドの作品は、若島正の『乱視読者の英米短篇講義』（研究社）という本で知りました。

この作品について書いてある部分を引用してみましょう。

「主人公のマーガレットは、夫のジョンが出張から帰ってくるのを出迎えたときに、突然違和感を覚える。そして、その人物がジョンではない他人だと気づいて、驚きよりもむしろ安堵を感じてしまう。それからの二人の生活は、その男がジョンのふりをしているのをお互いに承知したお芝居になる。もし彼が本当にジョンだとしたら、それはマーガレットには耐えられない。彼女がかろうじて生きていけるのは、彼がジョンではなく美しき他人だという幻想のおかげなのである。夫を見失ったマーガレットは、この短篇の結末でついに我が家も見失ってしまう」

なんて魅力的な紹介文なのでしょう！　あわててこの短編を探して読みました。

この「身近な人間が、そっくりな別人に入れかわってしまった」という妄想は、じつはそれほど珍しいものではなく、「カプグラ症候群」という名前もついています。統合失調症など、さまざまな病気によって引き起こされます。

思春期などには、こういう思いを少し感じたことのある人は少なくないのではないでしょうか？　親がふと別人に感じられたり。

シャーリイ・ジャクスンも、精神科医の治療を受けていたくらいですから、そういう思いにとらわれたことがあったのかもしれません。

この妄想は、ＳＦではよく題材になっていて、最も有名なのはジャック・フィニイの長篇小説『盗まれた街』（ハヤカワＳＦ文庫）でしょう。夫が妻を、子供が親を、友人が友人を、そっくりな贋物《にせもの》だと言い出し、精神病だと思っていたら、じつは宇宙人に入れかわっていて……というお話です。何度も映画化もされています。

ただ、すべての場合で、恐怖の出来事として描かれています。実際の「カプグラ症候群」でも、患者は恐怖を感じるようです。

ところが、シャーリイ・ジャクスンのこの物語では、妻は恐怖を感じないのです。それどころか、喜びを感じるのです。ここが他の作品と、まったくちがうところです。

本物の夫より、贋物《にせもの》のほうが大歓迎なのです。しかし、本物の夫だったときにも、いないほうがいいと思っていたわけではなく、彼女は夫を必要としていました。他人に入れかわったとしたら嬉しくて仕方ないような夫なのに、それでもいてほしいと思うほど、孤独なのです。

子育てをしている主婦のもとに、夫が出張から帰ってくるというだけのお話なのに、とてつもない深淵をのぞき込まされてしまいます。人は、戦争や災害や難病などで苦しむだけではありません。他人から見れば、平穏そのもの、何ひとつ起きていない状況でも、実際にはどんな絶望を抱え込んでいるかしれません。

それを垣間《かいま》見せてくれるところに、シャーリイ・ジャクスンの魅力があります。

●キャサリン・マンスフィールド「何ごとも前ぶれなしには起こらない」

今度は夫が気持ちを語る物語です。

また『乱視読者の英米短篇講義』から引用させていただきます。

「語り手は作家で、一見平穏そうな家庭には妻と幼い男の子がいる。彼は雨が降っている外の景色を窓から眺めているうちに、家の中にいる自分と家の外にいる自分に気づく。そのとき、家庭というものの姿が崩れだす。息子は、自分と妻とのあいだにできた子供だとはどうしても思えない。妻も妻としての役割を演じているように見え、語り手もそのお芝居を続けるしかない」

これを読んで飛び上がって、夢中でこの短編をさがしたのでした。

キャサリン・マンスフィールドというと、まるでガラス細工のように、繊細で、こわれやすく、でも細部まで完璧に完成された作品というイメージがあります。代表作の『園遊会』や『幸福』などはまさにそうでしょう。

しかし、いろいろ読んでみると、少し破綻《はたん》を感じさせる作品があります。ガラス細工のどこかが欠けていたりするのです。そして、そういう作品のほうが、トルソ（不完全ないし未完成の彫刻）のように、不思議な魅力があります。

この作品は、とくにそれが激しいです。キャサリン・マンスフィールドには珍しい男性の語り手であり、不意に子供時代のことにさかのぼり、そこで未完のまま終わっています。そのため、それまでは幸福だったという、「去年の秋に起こったこと」が何なのかは、わからないままです。

破綻している作品と言うこともできるでしょう。しかし、そこになんともいえない魅力があります。不安的な心は、不安定な作品でしか描けないというような。

先のシャーリイ・ジャクスンの作品と、このキャサリン・マンスフィールドの作品を、ぜひ並べてアンソロジーに収録したいと、ずっと思っていました。

実現できて嬉しいですが、もともとこれらの作品の魅力に目を開かせてくれたのは、若島正の前出の本です。他にも、たくさんの作品が、読みたくてたまらなくなる筆致で紹介されているので、ぜひご覧になってみてください。

●カフカ「ぼくは帰ってきた」

カフカの作品は、未完成であったり、断片であったりするものが多いのですが、これも断片です。題名はありません。

カフカの遺稿を編集した親友のブロートが「帰郷」という題名をつけていて、とてもいいとは思うのですが、郷《さと》に帰るという意味合いが強くなります。実際には、家に帰る話なので、少しニュアンスがちがう感じがします。また、「ききょう」だと、「桔梗」「帰京」「気胸」など、さまざまな言葉がありえます（実際、「カフカの『帰郷』という小説で……」と話し始めたら、「胸に穴のあく？」と問われたことがあります。カフカのイメージゆえでしょうか）。カフカは朗読が大好きでしたから、朗読でもちゃんと意味がわかるようにしたいと思いました。そこで、本文の第一文をそのままとって、「ぼくは帰ってきた」という題名にしました。

私は、夕方に散歩に出たときなどに、少し不思議な気持ちになることがあります。いろんな家に灯《あか》りがともり、家族の声やテレビの声などがもれてきて、ちょっと人影も見えたりして、どの家にも団欒《だんらん》があります。しかし、そのどの家にも私は帰ることができません。突然入っていけば、大騒ぎになるでしょう。私はすべてから閉め出されているのです。あたりまえのことです。私には私の家があります。でも、本当にあるのでしょうか？　そんなものはないんじゃないかという気になってきます。散歩から戻ってきて、自分の家が近くなり、窓が見えてきます。でも、本当にあそこに入れてもらえるのか、心細い気がします。もし、ドアの前で立ち止まって、ためらってしまったら、そのまま入れなくなってしまうのではないでしょうか？

みなさんは、そんな気持ちになったことはありませんか？

●手塚治虫「ハッスルピノコ」

今さら説明するまでもないかもしれませんが、無免許天才外科医が主人公の『ブラック・ジャック』というマンガの一編です。医療マンガというジャンルの元祖です。

私はピノコが大好きです（そういう人は多いと思いますが）。ピノコには、「ここは自分がいる権利のある場所だ！」と主張できる居場所がどこにもありません。

また、これはひどく個人的なことですが、私のように二十歳から長く療養していた者は、ようやく社会に出られるようになっても、歳はくっているのに、社会人としては新人で、いろいろと世慣れないという、二重の年齢を背負うことになります。一歳でもあり、十九歳でもあるピノコには、どうしても親近感を抱いてしまいます。

ピノコは自分なりに一所懸命に居場所を見つけようとします。まずは通信教育を受け、十九歳らしく、高校か大学に入ろうとします。それが無理とわかったら、今度は幼児らしく、幼稚園に通おうとします。しかし、どうしてもうまくいきません。身体のせいで、性格のせいで、うまくいきません。

最後のブラック・ジャックのひとコマ。私の記憶の中では、このコマはもっと大きかったのですが、実際には小さなひとコマでした。このひとコマが、たまらなく好きです。落胆している姿が好きというのは、変なようですが、ブラック・ジャックには、ピノコの気持ちがよくわかるのです。そして、読者にも、ピノコの気持ち、そしてブラック・ジャックの気持ちがよくわかるのです。落胆している姿は、ただ暗くて悲しいものではありません。美しく、感動的なものでもあります。

このアンソロジーを、ぜひこのコマで終えたいと思ったのでした。

●最後に感謝の言葉を

『絶望名人カフカの人生論』以来、何冊もの本を共に作り、今回も編集と翻訳を引き受けてくださった品川亮さん、私の夢だったアンソロジーの企画を現実のものにしてくださった筑摩書房の山本充《みつる》さんには、ただただ感謝の気持ちでいっぱいです。

カフカの翻訳では、知人の校正者、岡上容士《おかのうえひろし》さんに今回もお世話になりました。

斎藤真理子さんに翻訳を快諾していただけたのも、本当に嬉しいことでした。

アンソロジー初心者の私は、いろいろな方から助けていただきました。誠にありがとうございました。たまたま出会ったSさんからも、大変に貴重なアドバイスを多々いただいたのですが、そのSさんが、かつて私が愛読していたアンソロジーに関わっておられたと知って、不思議な気がしました。「いつかアンソロジーの選者に」と夢見るようになった、そのきっかけの本にかかわっていた方に、ついにアンソロジーを実現できるときに、アドバイスをいただけたわけです。望外の喜びでした。

そして、作品の掲載をご承諾くださった著作権者の皆様、ありがとうございました。各出版社の皆様もありがとうございました。お返事をドキドキして待っていました。

最後に、今、この本を読んでくださっている皆様に、心より御礼を申しあげます。来館者があってこその図書館です。

底本一覧

＊読みにくい漢字にふりがなをつけたものもあります。

●三田村信行＝作＋佐々木マキ＝画「おとうさんがいっぱい」（理論社『おとうさんがいっぱい』）

●筒井康隆「最悪の接触（ワースト・コンタクト）」（新潮社　新潮文庫『宇宙衛生博覧会』）

●山田太一「車中のバナナ」（河出書房新社　河出文庫『山田太一エッセイ・コレクション　昭和を生きて来た』）

●ウィリアム・アイリッシュ「瞳の奥の殺人（Eyes That Watch You）」（A. J. Cornell Publications『Four Novellas of Fear』）

●佐藤正彰・訳「漁師と魔神との物語」（筑摩書房　ちくま文庫『千一夜物語』第1巻）

●安部公房「鞄」（新潮社　新潮文庫『笑う月』）

●李清俊「虫の話（벌레 이야기）」（문학과지성사『이청준 전집20 벌레 이야기』）

●川端康成「心中」（筑摩書房　ちくま文庫『川端康成集　片腕―文豪怪談傑作選』）

●シャーリイ・ジャクスン「すてきな他人《ひと》（The Beautiful Stranger）」（Penguin Books『Come Along With Me』）

●キャサリン・マンスフィールド「何ごとも前ぶれなしには起こらない（A Married Man's Story）」（Penguin Classics『The Collected Stories of Katherine Mansfield』）

●カフカ「ぼくは帰ってきた（Heimkehr）」（Lambert Schneider Verlag『Franz Kafka: Das Werk』）

●手塚治虫「ハッスルピノコ」（秋田書店　チャンピオンコミックス『ブラック・ジャック　15』）

佐藤正彰（さとう・まさあき）
1905年、東京生まれ。東京大学仏文科卒業。1949年より明治大学文学部教授。戦後日本を代表するフランス文学者。1959年、渡辺一夫・岡部正孝との共訳、マリュドリュス版『千一夜物語』で読売文学賞研究・翻訳賞受賞。1972年、紫綬褒章受賞。1974年にも『ボードレール雑話』で読売文学賞研究・翻訳賞受賞。1975年歿。

斎藤真理子（さいとう・まりこ）
翻訳者。訳書に『カステラ』（パク・ミンギュ著、ヒョン・ジェフンとの共訳、クレイン）、『こびとが打ち上げた小さなボール』（チョ・セヒ著、河出書房新社）、『ピンポン』（パク・ミンギュ著、白水社）、『ギリシャ語の時間』（ハン・ガン著、晶文社）など。『カステラ』で第一回日本翻訳大賞受賞。

品川亮（しながわ・りょう）
文筆、編集、映像制作業。著書に『〈帰国子女〉という日本人』（彩流社）、共編著に『ゼロ年代プラスの映画』（河出書房新社）、映像作品に『H・P・ラヴクラフトのダニッチ・ホラーその他の物語』（東映アニメ）などがある。『STUDIO VOICE』元編集長。

本には、
悲しんでいる人を
助ける気持ちなんか、
ちっともないとしても、
本を読んでいる間は、
ぼくは本にしっかり
すがりついていられる。

フランツ・カフカ

編集付記

本書は、ちくま文庫のためのオリジナル編集である。

ちくま文庫

絶望図書館《ぜつぼうとしょかん》——立《た》ち直《なお》れそうもないとき、心《こころ》に
寄《よ》り添《そ》ってくれる12の物語《ものがたり》

二〇一七年十一月十日　第一刷発行
二〇二二年三月十五日　第三刷発行

編　者　頭木弘樹（かしらぎ・ひろき）
発行者　喜入冬子
発行所　株式会社　筑摩書房
東京都台東区蔵前二―五―三　〒一一一―八七五五
電話番号　〇三―五六八七―二六〇一（代表）

装幀者　安野光雅
印刷所　明和印刷株式会社
製本所　加藤製本株式会社

ISBN978-4-480-43483-8　C0193